La dérision

HENRI TROYAT

Henri Troyat
de l'Académie française

La dérision

Éditions J'ai lu

I

Une fois de plus, je l'attends. Elle n'a pas fixé d'heure. Entre sa galerie de tableaux, sa famille, ses amis, elle court comme une dératée. Une façon comme une autre d'oublier le vide nauséeux de son existence. Nous en sommes tous là. Mais moi, je suis lucide. Mon regard plonge de haut dans l'abîme. Il est quatre heures vingt. Patience. De toute façon, je n'ai pas grand-chose à faire. Je pourrais aller me promener dans le quartier, au bord de la Seine. Cela ne me tente pas. Je n'ai envie de rien. Sauf de la voir. J'ai dormi très tard, ce matin. Et un peu cet après-midi, en me levant de table. L'omelette que je m'étais concoctée m'est restée sur l'estomac. J'ai souvent de ces somnolences qui me renversent, l'esprit pâteux et les membres lourds, sur mon divan. Alors, je ferme les yeux, je me laisse couler, j'oublie ma carcasse. A soixante-sept ans, tous les ressorts sont détendus. On ne vit plus, on digère. Si j'étais prisonnier, je roupillerais vingt-quatre heures sur vingt-quatre. Au fait, je suis prisonnier. Pas d'une cellule, mais de Dido. Quand lui ai-je donné ce diminutif absurde ? Aussi loin que je remonte dans ma mémoire, Catherine Derey s'est, pour moi, appelée Dido. Je ne me rappelle même plus la date de notre première entrevue. Il y a vingt-deux ans, peut-être vingt-trois. J'étais alors rédacteur en chef à *L'Echo de la France*, un hebdomadaire illustré où j'accueillais de grandes signatures : Mauriac, Maurois, Montherlant, Giono... J'étais fier de mes sommaires, les plus prestigieux, à mon avis, de toute la presse française. Mes collaborateurs m'estimaient. Ou ils faisaient semblant. Je sortais d'une liaison tumultueuse avec la comédienne Pauline Verny. Ma liberté nouvelle me grisait. Célibataire organisé et raffiné, je cherchais une aventure. C'est, je crois bien, à un cocktail pseudo-littéraire que j'ai rencontré Dido. Elle était venue sans son mari. Dès le premier regard, j'ai été saisi par l'équilibre intelligent de son visage. Le brun de ses cheveux, la nacre de sa peau, la lumière marine de ses yeux formaient une harmonie que je ne me lassais pas d'analyser. Je me renseignai sur elle auprès d'un ami qui paraissait la connaître. Agée de vingt-cinq ans à peine, elle était la femme d'un jeune avocat, promis, selon la formule consacrée, à un brillant avenir. Sur ma demande, on me présenta à elle. Je fis feu des quatre fers. Mes propos insolents sur certaines personnalités parisiennes provoquèrent ses éclats de rire. Nous passâmes un long moment à bavarder, tête à tête, ignorant le tumulte des autres. Je la raccompagnai chez elle. J'étais sûr de moi. Elle croyait l'être d'elle. Je l'invitai à une réception pour la sortie du centième numéro de *L'Echo de la France*. Elle accepta. Là encore, elle vint sans son mari. C'est quelques mois plus tard que j'ai connu Antoine. A quelle occasion l'ai-je vu pour la première fois ? Je ne m'en souviens plus. D'emblée nous avons sympathisé. Je le trouvais bavard, pontifiant, mais, somme toute, assez drôle. Dido était déjà ma maîtresse. Et avec quelle passion ! Je l'avais ravie au courant de mondanités bourgeoises où elle se complaisait. Je lui avais révélé le monde de la sensualité et de la bohème. Nous nous rencontrions ici, en cachette. Je suis sûr qu'Antoine se doutait de notre mutuelle inclination. Mais il ne s'en souciait guère. Bien mieux, il éprouvait, me semble-t-il, un diabolique plaisir à constater le succès de sa femme auprès d'un autre. Sans doute jugeait-il qu'il s'agissait, pour Dido, d'une amourette sans conséquence. D'ailleurs, d'après elle, il se donnait, pour sa part, toute espèce de libertés. Nous avancions à trois de front, dans une sorte de complicité sentimentale, faite de silence voulu et de confort dans l'irrégularité. Puis, peu à peu, ce qui paraissait n'être qu'une passade a pris la force d'une institution. A évoquer ce début si lointain et si banal, je suis pris de vertige. La fuite inexorable du temps me creuse l'estomac comme une descente trop rapide en ascenseur. Mon amour pour Dido a résisté, en vingt-deux ans, à toutes les traverses. Quand, lâché par ses commanditaires, *L'Echo de la France* a cessé de paraître, j'ai cru que je décrocherais une situation analogue dans un autre journal. Mais j'avais attaqué trop de monde du temps de ma splendeur. Critique littéraire dans ma propre feuille, je descendais volontiers mes confrères en flammes. Lorsque je me suis retrouvé sur le sable, tout le monde m'a tourné le dos. Un rempart de sourires, de soupirs et de mauvaises excuses. Je ne pus même pas obtenir une chronique régulière et dus me contenter de piges misérables dans différentes gazettes. Puis, j'acceptai des travaux de lecture et de révision de manuscrits aux éditions de l'Aube. J'en suis encore là, dépouillé de toute ambition, mais enrichi d'un dégoût qui m'isole.

Pourtant, matériellement, je ne suis pas à plaindre. Je ne manque de rien. Pour un empire, je ne changerais pas de tanière. J'aime ce studio-caverne que j'habite depuis bientôt vingt-cinq ans : une loggia haut perchée où se cachent mon lit et ma salle de bains, la cuisine sous l'escalier, et la grande pièce vouée aux bouquins et aux paperasses. Régulièrement, Dido veut ranger mon bric-à-brac et je l'en empêche. Je suis pour la propreté mais contre l'ordre. Quand je descends de mon juchoir, le matin, et que je découvre ce capharnaüm où moi seul peux me reconnaître, j'éprouve un plaisir égoïste et casanier. Ce décor, apparemment inerte, a pris, avec l'âge, les habitudes et l'odeur de mon corps. Tout ici est vétuste, branlant et amical. Je possède une jolie commode Louis XVI, deux bergères Régence aux tapisseries usées et trois tableaux de prix : une gouache d'Utrillo, un lavis de Chagall et un croquis de Rodin. Le tout sauvé du naufrage. Combien de temps pourrai-je encore les conserver ? Ils sont mes biscuits de mer. A n'utiliser qu'à la dernière extrémité. En vérité, les meubles ont été fort abîmés par Roméo, qui griffe avec volupté les bois anciens. Depuis le temps qu'il s'exerce sur eux, les pieds des fauteuils ont perdu leurs fines moulures en relief pour n'être plus que des bâtons lacérés à vif. De même, il a entièrement déchiqueté les parements de mon divan. Pour l'instant, il dort, repu, dans le creux d'une bergère, la gueule entrouverte, les pattes étendues, les yeux mi-clos. Comme si le sommeil l'avait saisi pendant qu'il s'étirait. Il sait par expérience qu'il a, ici, tous les droits. Nous vivons ensemble depuis trois ans. Avant, je n'avais pas de bêtes. Je crois même que je n'aimais pas les chats. Et puis, un jour, j'ai aperçu celui-ci, par la fenêtre de ma salle de bains qui ouvre sur le jardin de l'immeuble. Un félin superbe, tigré, à poils longs et soyeux, au regard inquiétant. La copropriétaire du rez-de-chaussée, Mme Villemomble, avait beau le chasser, il revenait toujours. Et, toujours, il levait les yeux vers mon étage, comme s'il attendait mon apparition. Etait-il perdu, abandonné? Visiblement, il se cherchait un maître. De temps à autre, je lui jetais un bout de viande. Il l'avalait tout rond et miaulait plaintivement pour en demander encore. Pendant quatre mois, nous eûmes ainsi des rendez-vous quotidiens à distance. De lui à moi, s'installaient, à travers l'espace, une connivence secrète, un mutuel apprivoisement et comme une nécessité réciproque. Parfois, la nuit, il m'appelait d'une voix tout ensemble menue et perçante. Ce cri de fauve traversait mon rêve. Je me levais, j'allais à la croisée. En bas, tout était noir. Mais je savais qu'il était là. Au bout d'un moment, j'allumais une lampe de poche et dirigeais le faisceau de clarté sur la pelouse. Deux yeux phosphorescents jaillissaient des ténèbres. Je distinguais une silhouette figée. Nous nous regardions longuement. Lorsque je me recouchais, j'avais mauvaise conscience. Comme si j'avais refusé l'hospitalité à un ami dans le besoin. Un jour, Mme Villemomble me reprocha, par l'intermédiaire de la concierge, d'attirer un chat sauvage dans son jardin. Alors, je descendis chez elle. Contrairement à mon attente, elle me reçut très aimablement. Je lui fis part de mon intention. Elle m'approuva et m'accompagna jusqu'au carré de gazon qui s'étendait devant la porte vitrée de son salon. Le chat était à son poste, assis sur le socle recourbé de sa queue, les pattes de devant soudées, avec des zébrures régulières se continuant horizontalement de l'une à l'autre, la tête haute, le regard impénétrable. Bien que m'ayant toujours vu à distance, il me reconnut immédiatement. J'étais le sauveur attendu. Avant même que j'eusse dit un mot ou fait un geste, il vint à moi. Sûr de son fait, il avait tout prévu, il avait lu notre avenir dans les étoiles. Je l'emportai dans mes bras. Et aussitôt il prit royalement possession des lieux. C'était un matou. Parce qu'il avait beaucoup miaulé sous ma fenêtre, je le baptisai Roméo. Ce nom lui plut. Il y répondit sans rechigner. Je lui avais installé une caisse garnie d'un sable spécial, dans ma salle de bains. Son urine sentait si fort que je dus le faire castrer. Maintenant, il est serein et inodore. Je ne pourrais plus me passer de sa présence. Parfois, je l'envie pour son détachement philosophique. Tout glisse sur lui. Moi, tout me blesse.

Pour la dixième fois, je retourne à la fenêtre, soulève le rideau de voilage et jette un regard dans la cour où des voitures sont garées sur trois côtés. Une femme entre par le porche ouvert sur la rue Bonaparte. Mais ce n'est pas Dido. L'inconnue se dirige vers le bâtiment central, dont la façade solennelle, de style Louis XVI, s'orne d'une marquise 1900 hideuse, en verre dépoli. Là-bas, il y a un ascenseur, un tapis dans l'escalier. Moi, je loge dans l'aile gauche, celle des appartements modestes, réservés autrefois aux domestiques de rang supérieur, chauffeurs, gouvernantes, maîtres d'hôtel. La basse valetaille, elle, était, bien entendu, reléguée dans les combles. Chez nous, il n'y a pas d'ascenseur, pas de tapis, et les marches de bois usé se haussent en pente raide d'un étage à l'autre. La concierge les lave régulièrement tous les samedis. De mes fenêtres, j'aperçois, sur la gauche, les fenêtres de l'immeuble principal. C'est là que j'ai vu le jour. Mes parents y occupaient un appartement immense, dont toutes les pièces étaient en enfilade et que ma mère a gardé après la mort de mon père, survenue très tôt. Mon enfance, mon adolescence se sont déroulées là, dans un univers cossu où chaque objet avait son prix, son histoire et sa place. Quand je me retourne sur mon passé, je retrouve en moi la cuisinière Gabrielle, avec son nez de boxeur et son regard tendre, le pâle et triste Albert, valet de chambre-chauffeur, qui m'a donné ma première leçon de conduite à quatorze ans, la lingère, Flora, bossue à force de manier le fer à repasser et de tirer l'aiguille, le masseur athlétique de ma mère, qui empestait l'embrocation mentholée, le salon-musée que je traversais sur la pointe des pieds, les longs déjeuners de famille, avec des oncles discutant politique et des tantes qui, l'œil brillant, refusaient un dernier doigt de vin, ma mère, corpulente, autoritaire, dont la voix soudain faisait taire tout le monde, ma chambre et son désordre garçonnier, l'escalier d'honneur que je descendais vigoureusement quatre à quatre en ébranlant les marches, tout un paradis d'aisance bourgeoise, de douceur tribale dont je suis imparfaitement guéri.

D'année en année, ma mère avait plus de mal à maintenir son train de vie. La guerre m'a séparé d'elle. Je me suis retrouvé, stupide de colère, en captivité dans un oflag. Quatre ans de privations, de claustration, de crasse, d'ennui et de camaraderie monotone. A mon retour, la maison familiale était en pleine déconfiture. De tout le personnel, seule Gabrielle était restée. Encore était-elle payée au-dessous du tarif. Obligée de se restreindre, ma mère a vendu le grand appartement mais a conservé le petit, dans l'aile des domestiques, pour mon usage propre. J'y ai emménagé aussitôt après son départ. Elle-même a loué un deux-pièces, rue de l'Abbaye. Elle y est morte, voici douze ans. Mais, pour moi, c'est la maison de la rue Bonaparte qui est demeurée *sa* maison. Chaque fois que je regarde du côté du bâtiment principal, je crois apercevoir sa silhouette à une fenêtre du second étage. Elle s'ennuyait beaucoup, les derniers temps, et, pour se distraire, épiait le va-et-vient de la cour. Je ne fais pas autre chose aujourd'hui. Notre appartement a changé plusieurs fois de mains. Des étrangers habitent maintenant les pièces hautes de plafond où j'ai vécu toute mon enfance. Des Hollandais. Ils ont invité tout l'immeuble à leur pendaison de crémaillère. Je n'ai pas eu le courage de m'y rendre. Des gens charmants, paraît-il. Six mois de travaux. D'après Mme Toupin, la concierge, ils ont tout bouleversé, tout rénové à l'intérieur. Même les boiseries d'époque ont été déposées, retaillées,

14

les portes à double battant ont sauté pour être remplacées par de lourdes tentures de velours absinthe. « Vous ne vous y reconnaîtriez pas, monsieur Levrault ! » m'a dit Mme Toupin. Elle semblait à la fois admirative et choquée. C'est une brave femme. Elle vient faire le ménage chez moi deux fois par semaine. J'appréhende son passage, comme si mon bureau était le réceptacle de documents précieux. En fait, je n'ai rien à cacher, rien à préserver. D'ailleurs, Mme Toupin affirme à tout bout de champ son respect pour la chose écrite. Petite, brune et vive — la cinquantaine —, elle a la langue bien pendue, l'œil bigle et le torchon léger. En deux heures, tout est propre. Du moins, tout me paraît tel. Après le dernier coup d'aspirateur, elle s'attarde pour me donner des nouvelles des copropriétaires. Je l'écoute à peine. Sa grande affaire, c'est le passage du facteur. Myope et se refusant à porter des lunettes, elle déchiffre difficilement les adresses des enveloppes et se trompe une fois sur deux en les distribuant dans l'immeuble. Chaque jour, il y a ainsi un échange de lettres remises par erreur, entre les étages. Le troisième se déverse sur le second et le rez-de-chaussée monte au cinquième. Personnellement, je reçois peu de courrier et je ne m'en plains pas. Moins on s'occupe de moi, plus je suis heureux : des prospectus, des factures,

15

de temps à autre un relevé bancaire auquel je ne comprends rien. Après la mort de ma mère, j'ai vendu ce qui lui restait de meubles et de bijoux. Antoine, le mari de Dido, m'a conseillé pour placer l'argent. Je vis encore, à petit feu, sur les revenus de ce capital.

Une voiture manœuvre dans la cour pour sortir. C'est précisément celle des Hollandais. J'allume une cigarette. Ce doit être la trentième de la journée. Il se met à pleuvoir. Les pavés luisent sous l'ondée. Un pigeon, qui marchait entre les autos, s'envole lourdement. Dido ne viendra pas aussi longtemps que je guetterai son arrivée. Je me le dis par une sorte de superstition enfantine. Et, aussitôt, je m'écarte de la fenêtre. J'aurais tellement besoin d'elle en ce moment ! Hier, alors que je n'avais rien d'important à lui dire, elle est passée en coup de vent. Et aujourd'hui, le vide. Une vague promesse au téléphone : « Je dois absolument faire un saut chez Macaire pour voir quelques toiles. Mais j'essaierai de venir après... »

Pour m'occuper, je déplace des papiers sur ma table, je joue avec un élastique qui claque dans mes doigts, je prends un livre au hasard, en lis trois phrases, le repose. La littérature des autres ne m'intéresse plus. J'en ai trop avalé dans ma vie. Ce gavage intellectuel me soulève le cœur. Et ce que j'écris moi-même ne vaut rien. Si j'allais m'allonger, essayer de dormir encore... ?

Un coup de sonnette me cloue sur place. J'hésite à répondre. Ce ne peut être Dido : elle a sa clef. Intrigué, je vais ouvrir et me trouve devant Caroline. Elle est venue à moto. Le casque à la main, elle secoue ses cheveux châtains qui volent en désordre. Son frais visage de dix-sept ans est animé par le vent de la course. Sera-t-elle jolie un jour ? Dans sa figure aux traits encore indécis, les yeux bruns, immenses, piquetés d'or, débordent de gaieté et de hardiesse. Elle me saute au cou :

— Salut, Jacques !

— Salut !

— Maman est là ?

— Non.

— Je passais dans le quartier : j'ai voulu te faire une petite visite.

— C'est gentil !

Je la soupçonne d'être montée pour piquer quelques sous dans la « bourse du pirate ». Il s'agit d'un petit sac de cuir souple, fermé par un cordon coulissant, et suspendu à un clou, derrière la rampe de l'escalier menant à la loggia. C'est moi qui l'ai appelé ainsi lorsque j'avais dix ans. Ma mère l'avait rapporté d'un voyage en Egypte. De temps à autre, elle y puisait un peu de monnaie pour me récompenser de mes succès scolaires. J'ai continué la tradition. Toutes les pièces de dix francs qui me restent de mes courses dans le quartier finissent dans cette tirelire. Quand Caroline est à court d'argent, nous tapons dans la « bourse du pirate ». Mais, cette fois-ci, elle ne la regarde même pas. Elle est vraiment venue pour me voir. Je suis toujours surpris de l'attachement qu'elle me porte, en dépit de tout ce qui devrait l'éloigner de moi.

L'air indifférent, elle s'assied sur le rebord de la table, tripote les papiers, avise le manuscrit du *Mascaret* dans sa chemise de carton bleu :

— C'est ton roman ?

— Oui.

— Je croyais que tu l'avais envoyé à l'éditeur !

— Je l'ai envoyé, en effet. Ceci est une copie.

— Et tu n'as toujours pas de réponse ?

— Si.

— Alors ?

Je la regarde intensément, j'hésite et, soudain, il se produit dans ma tête un déclic à la fois douloureux et moqueur. Je dis :

— Il est accepté !

Elle s'éclaire tout entière. Ses dents, ses yeux irradient de bonheur. Bondissant sur ses pieds, elle se jette contre ma poitrine. Je la serre dans

18

mes bras, tandis que ma souffrance devient aiguë et comme joyeuse.

— J'en étais sûre ! dit-elle. Je l'avais chipé à maman pour le lire. J'ai été emballée ! Alors, ils ont aimé ? Comment l'as-tu su ?

— Une lettre, ce matin. Il paraît que tous les rapports de lecture sont favorables. Ils prévoient un grand succès. Publication début juin. Je dois passer demain pour signer le contrat.

— Tu vas toucher du fric ?

— Oui.

— Beaucoup ?

— Une avance substantielle, je crois !

Tout en donnant ces détails d'une voix faussement assurée, je surveille en moi la montée vénéneuse du dépit, de la colère, de la dérision. Quand je sens Caroline au plus haut de son exaltation puérile, je la repousse et, lui tenant les deux mains à bout de bras, je dis calmement :

— Alors, tu le crois vraiment, pauvre petite conne ?

Interloquée, elle balbutie :

— Mais oui, pourquoi ?

Je ricane :

— Ils ont refusé. Comme prévu !

Son visage s'éteint :

— Alors, pourquoi m'as-tu dit, Jacques... ?

En vérité, je ne le sais pas moi-même. Le

besoin de me faire mal et de faire mal, par contrecoup, à cette gamine trop confiante. L'envie de me moquer de mon échec devant elle. Le désir de l'entraîner toujours plus bas dans ma médiocrité.

— Je voulais voir ta réaction, dis-je.

Des larmes noient les yeux de Caroline. Elle s'arrache à mes mains qui lui serrent les poignets, court à la porte, l'ouvre à la volée et dévale les marches. Le bruit de sa galopade décroît dans la cage d'escalier. Je ne la rappelle pas. Un lourd dégoût m'ôte la parole. Peut-être n'aurais-je pas dû la brusquer ainsi ? Mais c'est plus fort que moi. En vérité, je lui ai fait supporter le poids de ma déconvenue. Je l'ai punie parce que c'est Dido que j'attendais et qu'elle est venue inopinément à la place de sa mère. Tant pis pour elle. Je ne sais pas dominer mes rancœurs. A la moindre égratignure, je frappe. Au hasard. Pour me soulager ou pour n'être plus seul à souffrir.

Il m'est étrange de penser que, grâce à Dido, j'ai des responsabilités familiales. A mesure que notre amour s'affirmait, j'entrais plus avant dans sa vie de femme mariée. Devenu l'ami du couple, je participais à toutes les joies, à toutes les peines, à tous les espoirs, à tous les soucis de ce petit clan que j'aurais dû haïr. Ils possédaient une maison de campagne aux environs de Senlis. J'y passais avec eux presque tous mes week-ends. J'aimais cette vieille ferme artistement restaurée, aux murs épais et au toit d'ardoises bleuies, avec son vaste jardin hirsute dont l'aménagement paraissait naturel. J'y ai vu grandir Caroline et Patrick. J'y ai pris le thé à l'ombre du gros chêne tordu, entre Antoine et Dido. Nos promenades à trois dans la forêt. Nos parties de ping-pong. Nos soirées d'hiver, quand la pluie noire fouettait les vitres. Nos rires, notre insouciance... Ils ont vendu la maison, voici cinq ans. Du coup, Dido s'est sentie désœuvrée. Pour se raccrocher à un point solide, elle a acheté la galerie. Cette occupation factice absorbe le plus clair de son temps. Elle s'est toquée de peinture abstraite. Pourquoi pas, si ça l'amuse ? A présent, elle se prend pour un amateur d'art doublé d'une commerçante avisée. Gonflée d'importance, elle se croit indispensable à la marche de sa boutique et oublie combien elle est indispensable à la marche de notre amour. Je regrette la maison de campagne où il m'arrivait de rester quelques jours seul avec elle et les enfants, quand Antoine était rappelé à Paris pour ses affaires. Depuis qu'ils n'ont plus cette propriété, ils se passionnent pour les voyages. Les moindres vacances leur sont un prétexte pour s'envoler. La plupart du temps, ils m'entraînent avec eux.

Je ne m'en plains pas. Toute occasion de baigner dans la chaleur de Dido me paraît bonne à prendre.

Il est six heures. A sept heures, Dido me téléphone qu'elle a été retenue chez Macaire : « Tu as eu tort de ne pas venir. Il m'a montré des toiles sensationnelles. » Et elle promet de passer me voir demain, au début de l'après-midi. Je l'avais prévu. Je n'ai presque pas mal. Je relis quelques pages du manuscrit. Ils ont raison : c'est de la merde. Roméo s'est réveillé. Je lui gratte la tête. Il ronronne de tout le poitrail. Puis il déambule autour de moi, la queue dressée en point d'exclamation. Ce petit ballet, dont je connais toutes les figures, est une invitation à me rendre dans la cuisine. Il me montre le chemin. Je n'ai qu'à obéir. Je lui sers un peu de viande hachée. Moi, je me passerai de dîner. Je n'ai pas faim.

II

Je tends à Dido la lettre de l'éditeur. Elle n'était au courant de rien. Sans doute Caroline ne lui a-t-elle même pas dit qu'elle m'avait vu hier. Pourquoi ? Rancune d'adolescente ? Dido prend la lettre dans ses longues mains soignées, aux ongles courts. Elle est encore essoufflée d'avoir monté mes trois étages. Ses narines palpitent. Grande, élancée, rayonnante, elle a des sourcils noirs nettement arqués et un regard de chat. Oui, par moments, ses yeux ont l'insondable éclat de ceux de Roméo. A quarante-sept ans, elle en paraît trente-cinq. Je lui en veux d'être si belle. Mais, en même temps, je ne tolérerais pas qu'elle fût mal coiffée, mal habillée ou simplement lasse. J'ai besoin de cette excellence féminine pour sentir, au plus profond de mon être, la petite douleur familière, faite de jalousie et d'admiration, qui m'accompagne tout au long de mon existence.

Elle lit à mi-voix :

— « Malgré ses qualités évidentes, votre livre n'entre pas dans le cadre des ouvrages que nous souhaitons publier cette année. »

Je crois qu'elle va exploser. Mais elle garde son sang-froid, s'assied sur le divan et dit d'une voix posée :

— Vraiment, ils ne savent qu'inventer ! Tu as eu tort de leur envoyer ton manuscrit. Tu aurais dû, comme je te le conseillais, le remettre aux éditions de l'Aube, puisque tu y travailles.

— Les éditions de l'Aube sont spécialisées dans les ouvrages de sport, d'aventure...

— Alors, essaie... je ne sais pas, moi..., les éditions Leopardi...

Comme c'est simple ! La réaction de Dido m'agace. Toujours bien intentionnée et incompétente. Et puis, je tiens à ce sentiment de déchéance qui grandit en moi depuis la veille. Cette eau sale dans laquelle je barbote par la pensée. Qui éclabousse tout autour de moi. Où je feins même, par jeu, de me noyer.

— A quoi bon ? dis-je. Ils m'enverront tous promener, les uns après les autres.

— Qu'est-ce que tu en sais ? réplique-t-elle, le regard étincelant.

Ce n'est plus contre l'éditeur qu'elle est en colère, mais contre moi. Et je me réjouis de cette flamme dont la lumière me fouette. Je lui réponds avec fougue :

— C'est évident ! Il y a trop longtemps que je n'ai rien publié. Huit ans depuis mon dernier bouquin, tu te rends compte ? Si j'étais jeune, ils tenteraient peut-être l'aventure avec moi. Mais, à mon âge, avec, pour tout bagage, trois romans médiocres que tout le monde a oubliés, je n'intéresse plus personne.

— Et moi, je suis sûre que beaucoup de gens se souviennent de *La Rue Noire*, de... de *La Nasse*...

Elle a dû chercher les titres dans sa tête. Je grogne :

— Demande donc à un libraire qui est Jacques Levrault. Il ouvrira de grands yeux. Enterré, balayé, le bonhomme !...

Je force la note, autant pour me faire mal que pour provoquer les protestations de Dido.

— Alors, qu'est-ce que tu comptes faire ? demande-t-elle en me toisant de la tête aux pieds.

Et, dans son exigence, je sens autant de mépris que d'amour.

— Je vais fourrer mon manuscrit dans un tiroir, dis-je, et on n'en parlera plus. Ce ne sera pas une grande perte !

— Et moi, je te répète que ton roman est meilleur que les trois précédents. J'ai beaucoup aimé cette sorte de confusion, quand... quand la vie des personnages envahit la vie de l'auteur au point qu'il ne sait plus où est la vérité et où est la fiction.

— Un vieux truc !

— Alors, toute la littérature n'est qu'un vieux truc !

— C'est bien mon avis.

— Tu ne parlerais pas comme ça si *Le Mascaret* avait été accepté !

— Laisse-moi. Je suis foutu. Je n'ai pas besoin de compresses sur le front !

Les yeux de Dido deviennent durs comme l'agate :

— Ce que tu peux être comédien !... A la moindre contrariété, au lieu de rebondir, tu te délectes dans le désespoir. Tu gâches ta vie par veulerie, par complaisance envers toi-même ! Ta paresse est stupéfiante ! Tu te traînes et tu bâilles du matin au soir comme si tu avais peur d'agir !

Elle m'attaque. J'ai l'habitude. Après, je me sens toujours mieux.

— Tu vois, dis-je, tu reconnais toi-même que je suis un raté !

— Tu as tous les talents et tu joues au raté ! s'écrie-t-elle.

Comme elle me connaît bien ! Je la pique

encore, pour mieux jouir des soubresauts de son indignation :

— Si j'ai eu autrefois un peu d'esprit et de plume, j'ai fini mon temps. Parlons d'autre chose...

Je feins le calme, l'indifférence. Mais elle n'est pas dupe. Elle se lève. Droite et mince, elle porte une blouse champagne à fines rayures ton sur ton et une jupe cannelle. Va-t-elle partir ? Déjà ? Par ma faute ! C'est impossible ! La panique me prend. Mon regard saisit à la fois vingt détails de sa toilette : un collier de fantaisie en argent et ivoire, des chaussures sport beiges à bout marron... Maintenant que je lui ai tout dit, que je me suis vengé sur elle de ma désillusion d'écrivain, j'ai peur qu'elle ne m'abandonne. Je balbutie :

— Que fais-tu ?

— Je m'en vais, dit-elle durement.

Je baisse la tête :

— C'est bon. Je vais voir à qui je peux encore soumettre mon manuscrit. Peut-être aux éditions Leopardi, en effet...

Elle a gagné. Comme toujours. Quant au manuscrit, après tout, il ne me coûte rien de l'expédier ailleurs. Malgré mon recul, Dido ne paraît pas satisfaite. Elle continue à me juger froidement. Je guette un sourire dans ses yeux, au coin de ses lèvres. Que lui faut-il de plus ? Je l'attire contre moi, jusqu'à sentir son haleine sur mon visage. Je lui dis tendrement :

— Cette lettre m'a mis complètement à plat. Il faut m'aider à me relever, Dido !

Elle se rassied sur le divan et je m'assieds en face d'elle. Je lui prends les mains. Elle ne parle pas. Mais ses yeux plongent dans les miens. Et cet échange de regards consacre, dans le silence, l'immobilité, le recueillement, vingt-deux ans d'une vie charnelle sauvage et douce. On dirait l'harmonieuse rencontre de deux fleuves, le mélange profond des eaux. Notre union est si forte que chaque étreinte nous précipite dans une sorte d'aventure cosmique. La tête éclatée, nous entrons en communication avec l'envers du monde. Et quand nous nous écartons l'un de l'autre, assouvis, attendris, c'est avec la certitude que rien n'est perdu, que tout recommencera demain. Du moins en était-il ainsi jusqu'à ces derniers temps. Aujourd'hui, ce que nous recherchons, ce n'est plus le fol enthousiasme de la possession, mais le tranquille accord des âmes sur un fond de volupté discrète. Les fauves sont devenus bien élevés. Tantôt cela me désespère. Et tantôt je me dis que cette entente mi-spirituelle mi-sensuelle est l'ultime chance de ma vie et que je dois la préférer aux débordements physiques d'autrefois. Oui, je crois que j'aime mieux

Dido depuis que je la désire moins. Mais elle...?
J'effleure de mes doigts ses cheveux. Je bois
notre passé dans ses prunelles. Roméo, assis au
bord du bureau, nous observe. Jusqu'où irons-
nous ce soir? De nouveau l'idée me traverse de
faire l'amour avec elle. Mais je crains de ne
pouvoir aller jusqu'au bout. Cela m'arrive de
plus en plus souvent. Elle ne m'en veut pas et
accepte ma déchéance avec une sorte de résignation amicale. Ma main descend sur sa
nuque. Comme si elle pressentait l'échec, elle
arrête brusquement le jeu et se lève. J'en suis à
la fois furieux et soulagé. Elle vient de se
rappeler qu'elle a apporté des provisions dans
un grand sac. C'est la diversion. Nous déballons
joyeusement ces victuailles dans la cuisine :
quatre tranches de jambon, des cornichons, un
morceau de *halva*. Elle a pris l'habitude de me
ravitailler ainsi, de temps à autre. Je lui
demande :

— Tu restes dîner avec moi?

— Tu sais bien que c'est impossible. Nous
sommes samedi. Patrick rentre de pension.

Je suis déçu. J'aime nos dînettes impromp-
tues. Dans ces cas-là, elle téléphone à Antoine
pour qu'il ne l'attende pas. Il se garde bien de
lui demander où elle passe la soirée. Il le sait.
Depuis le temps !... Et nous nous retrouvons à
table, face à face, amusés, rajeunis. Aujourd'hui

plus que jamais, j'aurais souhaité prolonger notre entrevue. Peut-être parce que le refus de l'éditeur a renforcé en moi la notion de mon dénuement et de ma solitude. Mais Dido est impitoyable. Elle me sacrifie sans remords à son rejeton.

Quand elle est partie, je reprends mon manuscrit, je le feuillette, cueillant une phrase par-ci, un mot par-là, et je ne comprends pas pourquoi j'ai pondu ce livre baroque. Bien sûr, puisque Dido le veut, je l'enverrai encore à droite, à gauche. En tout cas, je n'écrirai plus rien. A mon âge, l'enthousiasme créateur est une preuve d'imbécillité. Tout a été dit avant moi. Seul un inconscient peut prétendre apporter une nouvelle charge de grains au moulin de la littérature.

Comme il n'est que six heures, je décide de sortir pour prendre un verre. Un regard dans la glace de ma salle de bains. Mon visage me déplaît : une face aiguë et brune, au nez osseux, aux yeux noirs fatigués et aux cheveux poivre et sel plantés bas sur le front. Je suis grand et sec. Pas un pouce de graisse. De loin, à voir ma dégaine svelte, on ne me donne pas mon âge. Du moins est-ce là ce qu'affirme Dido. Mais de près, quelle dégradation ! Un vieux jeune homme. Comment Dido peut-elle tenir à moi après tant d'années ? N'éprouve-t-elle pas quelque répugnance devant mon esprit tortueux et mon corps usé ? Tout à l'heure, quand elle m'a doucement repoussé, était-ce par tendre lassitude ou par répulsion secrète ? Les deux peut-être. Pourtant, elle ne peut se passer de moi. Sinon viendrait-elle, chaque jour ou presque, chercher auprès de moi sa bouffée d'oxygène ? Depuis qu'elle est entrée dans ma vie, je ne l'ai pas trompée. Et elle ? Elle a son mari, ses enfants. Moi, je n'ai qu'elle. Mon existence m'apparaît monotone et lente, avec pour seuls jalons mes rencontres avec Dido. Je bondis d'un rendez-vous à l'autre, comme un babouin de branche en branche.

Prêt à sortir, je fouille dans la bourse du pirate et en tire quelques pièces.

Le mouvement et le bruit de la rue m'étourdissent. Je lorgne au passage les vitrines des magasins. De temps à autre, je m'arrête pour examiner un objet curieux à la devanture d'un antiquaire. Autrefois, je me ruinais en bibelots. Il m'en reste trois ou quatre dans ma turne. Des bronzes chinois : crabes articulés, pintades stylisées, un singe dressé dans un cri, la gueule ouverte, la face grimaçante. Mais je ne peux plus m'en acheter d'autres. Je n'en souffre pas. Le regard remplace la possession. Comme pour Dido.

A cette heure-ci, je suis à peu près sûr de

retrouver aux « Deux Magots » Fougerousse et Bricoud. Des amis ? Non. Je n'ai plus d'amis. Les meilleurs d'entre eux, je les ai perdus de vue. Ou bien ils sont morts. L'un d'eux a même trouvé le moyen de se faire descendre en 1940, pendant la drôle de guerre ! Ceux-ci, Fougerousse et Bricoud, sont de bons camarades, dont les propos me divertissent lorsque j'en ai assez de mariner dans ma solitude. Ils sont plus jeunes que moi : la cinquantaine. Et puis, ils ont l'avantage d'habiter le quartier. Fougerousse, qui est libraire, cherche depuis des mois à vendre son fonds de commerce pour s'installer à Limoges. Bricoud rédige des notes de lecture pour *Le Figaro* et des « Chroniques du temps » pour un journal de province. Il me refile les livres dont il ne veut plus. Par lui, je me tiens plus ou moins au courant de ce qu'il est convenu d'appeler l'activité littéraire. Tous deux m'accueillent avec des exclamations de joie et me font une place à leur table, au fond de la salle. Je commande un scotch. C'est cher, mais j'ai besoin d'une bonne secousse d'alcool pour me requinquer. Ils me demandent où en sont mes « travaux ». Je leur sais gré de me croire encore capable de produire. Au lieu de leur dire que mon bouquin a été refusé, je leur annonce que je le remanie, que je « l'approfondis ».

— Quand nous le donnes-tu à lire ? demande Bricoud.

— Quand il sera au point.

— Prends garde de ne pas trop fignoler ton texte. Tu lui ferais perdre en spontanéité ce que tu lui ferais gagner en rigueur.

Je le rassure : je sais parfaitement où je vais. Ce livre, dis-je, est très important pour moi. Il sera, en quelque sorte, mon testament littéraire. Si Dido m'entendait, elle me traiterait, une fois de plus, de comédien. Ensuite, nous parlons des derniers bouquins parus. Fougerousse est facilement enthousiaste. Il trouverait du génie à n'importe quel pisseur de copie. Je souffre d'entendre louer les œuvres des autres. Il me semble que ces éloges distribués aux quatre vents sont autant de compliments qu'on me vole. Le monde m'oublie, le monde s'éloigne. Bricoud, lui, est plus réservé. Je l'entends avec plaisir déchiqueter à belles dents le roman d'un débutant que son éditeur présente comme un nouveau Camus. Je n'ai pas lu le livre, mais j'approuve férocement la critique. On en vient tout naturellement à parler de l'auteur de *La Peste*. Là, j'éclate. Pourquoi ? Je n'en sais rien moi-même. Car j'admire Camus. Mais de l'entendre magnifier par mes deux vis-à-vis m'exaspère. Tout à coup, je me découvre hostile à son œuvre, à sa philosophie et presque à son personnage. Par défi, je déclare qu'il est une gloire usurpée, que, sans sa fin tragique, il ne serait pas l'idole de la jeunesse. Bricoud me contredit. Je lui cloue le bec en quelques formules brillantes. Dans la foulée, je démolis aussi Malraux et son charabia esthétique, j'affirme que Verlaine est un plus grand poète que Rimbaud. A son tour, Fougerousse se récrie. Je m'amuse follement à prendre mes deux lascars à rebrousse-poil. La mutilation des statues m'a toujours paru une entreprise exaltante. Nous discutons, têtes rapprochées, en haussant le ton, dans le brouhaha et la fumée. A la table voisine, une fille assez jolie nous regarde en souriant. Elle est seule. Je pourrais entrer en conversation avec elle. Une aventure. Je n'y songe même pas. D'ailleurs, serais-je capable de faire l'amour avec une autre que Dido ? L'idée d'une nudité inconnue me glace. J'ai peur du dépaysement. Cependant, pour étonner la jeune femme qui, à côté de moi, m'observe avec intérêt, je continue mon numéro de massacre. Mes deux interlocuteurs finissent par pouffer de rire :

— Tu es impossible ! Quelle tornade ! Après ton passage, il ne reste rien !

Je n'ai convaincu personne. Mais je me sens soulagé. C'est vrai que je suis « impossible ».

A huit heures, ayant beaucoup fumé et beaucoup parlé, nous levons la séance. Je raccompagne Bricoud chez lui, tout en haut de la rue de Rennes. Il me donne une demi-douzaine de bouquins qu'il a feuilletés et qu'il trouve « assez stimulants ». Je ne lui promets pas de les lire tout de suite : « J'ai tant à faire en ce moment ! » Il attache les livres avec une ficelle. Je ressors dans la rue, mon paquet sous le bras. Quand j'arrive à la maison, la vue de la cour, avec ses voitures, me rejette dans l'enfance. Au lieu de me diriger vers l'aile de gauche, je pénètre dans le bâtiment central ; je prends l'ascenseur jusqu'au second étage ; je regarde la porte de droite, celle de mon passé. C'est la première fois que je reviens sur les lieux. Ils ont changé la sonnette. De mon temps, c'était un cordon. Maintenant, c'est un bouton dans une rosace de bronze. Qu'est-ce que je fous sur ce palier qui n'est plus le mien ? Si quelqu'un me voyait !... Je redescends. Je retraverse la cour. Je grimpe mon escalier aux marches usées, lentement, la main sur la rampe, le souffle entrecoupé. J'ouvre la porte. Roméo m'attend, perché sur le guéridon, dans le vestibule.

III

L'émission est programmée en direct pour ce soir, à neuf heures trente, mais Dido m'a prié de venir chez elle un peu avant. Quand j'arrive, à neuf heures moins le quart, Antoine est déjà parti pour le studio. La famille est réunie pour le voir passer sur le petit écran. A son retour, m'annonce Dido, on soupera tous ensemble. Angèle a voulu rester pour servir à table. Mais surtout pour admirer Monsieur. Il doit parler, en tant qu'avocat, lors d'un « débat » sur la réforme de la Justice. C'est, paraît-il, très important pour lui, pour son « standing international ». Caroline affecte un air blasé, comme si elle avait l'habitude de voir son père à la télévision. Elle m'embrasse distraitement. Son frère Patrick, treize ans, est, en revanche, tout surexcité. Je lui demande comment il se fait qu'il soit là, puisqu'il est, en principe, pensionnaire. Il me répond que ce sont les

« vacances de février ». Première nouvelle! Sa voix déraille du grave à l'aigu. J'ignore tout de la vie des jeunes. D'ailleurs, ils ne m'intéressent pas. Avec son corps étiré, anguleux, ses gestes brusques, ses cheveux hirsutes au-dessus d'un visage mou et boutonneux, Patrick vire assez laidement de l'enfance à l'adolescence. Je suis agacé quand je vois Dido le prendre par le bras ou lui caresser la nuque. Elle est plus maternelle avec son fils qu'avec Caroline. En général, je n'aime pas la retrouver entre ses enfants. Tant qu'ils étaient petits, ils ne me gênaient pas. Maintenant ils prennent trop de place. En s'occupant d'eux, elle m'échappe. Pourtant, ils sont ma seule famille. Parmi eux, je ne suis pas en visite, mais chez moi. Chez moi, tel un coucou dans le nid d'un autre. En vérité, je déteste cet intérieur luxueux et conventionnel, avec ses meubles signés, qui ont l'air tout neufs, et ses tableaux abstraits sans audace. Je l'ai dit cent fois à Dido. Elle rit et me répond que je n'y connais rien ou que j'ai mauvais caractère. « Tu critiques tout! » Nous nous installons au salon, devant le poste. Un poste superbe, en couleurs, à grand écran. J'en possède un, moi aussi. Mais tout petit, portatif, en noir et blanc. Et, depuis longtemps, il est en panne. D'après le spécialiste, la réparation me coûterait presque aussi cher que l'achat d'un appareil neuf.

Alors, je me passe d'images. Et je ne m'en porte pas plus mal.

On sert du champagne. C'est la boisson préférée de Dido. Mais, connaissant mes habitudes, Angèle a apporté également la bouteille de whisky. Les enfants, eux, s'abreuvent de jus de fruits gazéifiés. Tous deux sont vautrés dans leurs fauteuils, le visage inexpressif. Exténués sans avoir rien fait, désabusés sans avoir rien connu. Cependant, Caroline nous observe du coin de l'œil, sa mère et moi. Elle a deviné depuis longtemps que nous couchions ensemble. Comme elle sait aussi que son père a une maîtresse, elle accepte la situation avec sérénité. Patrick, lui, à mon avis, n'est au courant de rien. Ou, s'il se doute de quelque chose, il s'en fout. Pour lui, je suis l'inévitable tonton. Pareil en cela à tous les garçons de son âge, il ne pense qu'à lui-même. Le vertige que Pascal éprouvait devant les « espaces infinis », il l'éprouve devant son nombril. J'abhorre le mythe de l'enfance sensible, généreuse, poétique ! Pour avoir passé par là, je sais que tous les défauts des hommes, cruauté, envie, hargne, couardise, suffisance, se retrouvent dans ces jeunes têtes sans les correctifs apportés à la longue par la vie en société. Des images banales défilent sur l'écran. Je fume cigarette sur cigarette. Dido paraît nerveuse. Est-elle donc si impatiente de voir son mari en vedette ? Bien que le trompant avec moi, depuis vingt-deux ans, elle demeure très attachée à celui dont elle porte le nom. Elle a déjà bu deux verres de champagne. Les enfants commencent à se tortiller sur leurs sièges. Moi seul reste impassible. Il m'importe peu qu'Antoine réussisse ou non sa « prestation ». Mon amitié pour lui est plus une affaire d'habitude que de sentiment. Je ne l'ai pas choisi, je le supporte. Et lui aussi me supporte. A cause de Dido. Pas plus que moi, il ne voudrait la perdre. En vérité, elle représente quelque chose de très différent pour chacun de nous. Ils font chambre à part. Mais cela ne signifie rien. Elle a beau me jurer qu'ils n'ont plus entre eux que des rapports d'amitié et d'estime, je ne la crois pas. L'ai-je crue un jour ?

Enfin une présentatrice annonce, avec un regard langoureux, l'émission sur la Justice. Des visages graves autour d'une table, deux magistrats, un ministre, trois journalistes, et Antoine. Comme il a l'air jeune ! Ils l'ont sûrement maquillé. J'oublie toujours qu'il va sur ses cinquante ans, alors que j'en compte soixante-sept. Et il fait du sport, ski, tennis, natation, pour se maintenir en forme. Il a cessé de fumer depuis trois ans, par hygiène. Moi, sans mes cigarettes, je suis foutu.

Le visage d'Antoine est ocre, lisse, avec une

petite moustache blonde et un regard bleu de faïence. Sa chemise aussi est bleue. Et sa cravate. Je suppose que Dido l'a choisie pour lui. Elle a dû l'inspecter de la tête aux pieds avant son départ pour le studio. Cette seule pensée m'égratigne. Je la regarde. Elle boit son mari des yeux. Les enfants aussi sont fascinés. Et Angèle, debout près de la porte, a les mains jointes sur le devant de son tablier, comme pour une prière. Dès le début, je comprends que l'émission se bornera à un bavardage abscons entre spécialistes. Quand, à son tour, Antoine prend la parole, son nom apparaît en sous-titre au bas de l'image : « Maître Antoine Derey. » Dido, que je continue à observer, me paraît anormalement émue. Elle respire à petits coups et pétrit un mouchoir dans ses doigts. Antoine discourt avec aisance, et même avec trop d'aisance, jouant de la voix et de l'œil. Ce n'est pas un avocat mais un comédien qui s'adresse à la caméra. A plusieurs reprises, il utilise la même phrase : « Avant de répondre à votre question, je voudrais préciser un point de détail. » Cette répétition m'amuse. Je juge d'abord qu'il est ridicule à force de désinvolture. La vanité et la vacuité montées en épingle. Puis certaines formules, lancées par lui, me frappent par leur intelligence et leur netteté. Indiscutablement, il connaît son sujet. Et il domine de haut ses interlocuteurs. Bientôt, on ne voit, on n'entend que lui. Cette constatation m'est bizarrement désagréable. Je souffre de son succès comme d'une injure personnelle. La pensée que Dido l'admire me brûle le sang. Une heure d'émission, c'est trop ! Quand elle s'achève, je suis gorgé jusqu'aux dents. Dido a un air de fête. Elle a reçu son mari en cadeau. Les enfants aussi jubilent en silence. Angèle, qui n'a pas saisi un mot du débat, soupire :

— Ce que Monsieur était bien !

— N'est-ce pas ? murmure Dido, le sourire condescendant.

Et, tournée vers moi, elle demande :

— Qu'en penses-tu ?

Je prends mon temps, souffle un filet de fumée et réponds :

— Antoine les a tous mis dans sa poche. Une remarquable performance !

Je le crois vraiment et c'est bien ce qui me torture. Pour atténuer le compliment, j'ajoute :

— Cela dit, on a tort de passer des émissions de ce genre en soirée. Les trois quarts des téléspectateurs n'auront rien compris aux subtilités de ce débat juridique. J'avoue que moi-même...

— Moi, j'ai tout compris, assure Caroline avec défi.

— Oh ! mais toi, dis-je, depuis que tu es en

première année de droit, tu en remontrerais à ton père en matière de jurisprudence !

Caroline hausse les épaules à trois reprises et les laisse retomber. Ce mouvement fait bouger ses seins sous le chandail. Ils sont à peine marqués. Ça s'arrangera avec le temps. Patrick marmonne :

— Jacques a raison, c'était pas marrant comme truc ! Mais papa était le plus chouette de tous !

— Et puis, il était très bien filmé, observe Dido. La caméra était tout le temps sur lui. Je suppose qu'il ne va pas tarder.

Suit une discussion sur telle ou telle phrase que le grand homme a prononcée. Personne ne s'occupe de moi. Je n'ai plus rien à faire ici. Mais je dois rester pour le retour du vainqueur. Quand il arrive enfin, souriant et auréolé, toute la famille le congratule. J'y vais, moi aussi, de ma pommade :

— Tu as été formidable, Antoine. Sans toi, il n'y aurait pas eu d'émission.

Il s'enveloppe de modestie :

— Vraiment, tu trouves ? Je n'ai pas été trop didactique ? Il faisait une de ces chaleurs sur le plateau, sous les projecteurs ! J'étais en nage.

— Cela ne se voyait pas du tout, affirme Dido.

Elle ment. Je suis sûr qu'elle a remarqué ces

gouttes de transpiration sur le front et sur les tempes de son mari. Mais je ne dis rien. Je laisse la petite tribu à son euphorie. Antoine embrasse sa femme, ses enfants et déclare :

— Je meurs de faim.

Angèle se précipite. On passe dans la salle à manger.

Je n'aime pas cette pièce prétentieuse, avec sa table à plateau de marbre sur un pied en fer forgé et, aux murs, ses tableaux abstraits et glacés aux couleurs indigestes. Le souper froid est servi par Angèle. Saumon fumé et poulet en gelée, tout est de première qualité. Acheté chez un traiteur, évidemment. On mange très bien chez Dido. Antoine est une fine gueule. Moi aussi, j'aime la bonne cuisine. Mais je n'en fais pas, comme lui, une religion. Je juge même sévèrement ces discussions passionnées autour d'un camembert. Ce soir, heureusement, on cause d'autre chose. L'affaire de l'émission revient sur le tapis. Le téléphone sonne. Comme il y a un appareil sur un guéridon, dans la salle à manger, Dido se lève et répond. C'est un ami qui appelle Antoine pour le féliciter. Antoine fait un signe de refus.

— Il n'est pas encore rentré, déclare Dido. Oui... oui, je lui dirai... C'est si gentil de votre part !...

44

Ayant raccroché, elle se rassied et annonce simplement :

— C'est Maurice. Il est emballé.

Antoine ne bronche pas sous les couronnes qu'on lui tresse. Cet homme-là est de fer. A croire qu'aucune émotion ne peut l'atteindre. Son assurance tranquille en impose à Dido. Auprès de lui, elle se sent protégée. De nouveau, le téléphone. Cette fois, c'est un client. Dido continue à faire le barrage. Debout devant le guéridon, elle s'exclame, sourit, remercie en épouse comblée :

— Non, il n'est pas là... Je n'y manquerai pas... Il sera très touché.

Cette perfection dans la mondanité me porte sur les nerfs. Cependant, au cinquième coup de téléphone, Dido change de tactique. Son visage s'illumine :

— Paméla ! Comment vas-tu, ma chérie ?... Oui, il est auprès de moi... Je te le passe...

Paméla est la maîtresse d'Antoine. Dido entretient avec elle des rapports d'amitié griffue. Il leur arrive de se rencontrer en dehors de lui. Elles se téléphonent au moins une fois par semaine. Avec aisance, Dido tend l'appareil à son mari. Il se tamponne les lèvres avec sa serviette, se lève, prend le combiné et son regard se perd dans le vide. A la table, on fait le silence. Dido tourne son verre entre ses doigts, machinalement. Caroline épie sur le visage de son père les signes du contentement amoureux. Patrick mange, le nez dans son assiette. J'écrase ma cigarette dans un cendrier. Antoine répond par bribes aux éloges qui bourdonnent dans son oreille. Pourtant, il n'est nullement gêné. Il a la situation bien en main. Tout est simple pour peu que chacun y mette du sien. Paméla est très bavarde. A deux ou trois reprises, Antoine lui coupe la parole. Il conclut :

— Eh bien ! c'est entendu. A demain. Je t'embrasse !

Quand il a reposé le combiné, Dido demande :

— Elle a aimé ?

— Beaucoup, dit-il. C'est extraordinaire, l'impact de ce genre d'émissions sur le public !

Cette utilisation du mot « impact » à tout bout de champ m'exaspère. Je la juge incorrecte et prétentieuse, mais je retiens ma critique. Penché vers moi, par-dessus la table, Antoine poursuit gaiement :

— Tu verras, mon vieux, lorsque tu passeras à la télévision pour ton bouquin !

Je crois qu'il a pour moi une amitié sincère. Peut-être même suis-je, d'une certaine façon, indispensable à son bonheur ? Je fais partie des meubles.

— Mon bouquin n'est pas près d'être publié, dis-je.

— Il le sera sûrement, affirme Dido en me lançant un regard d'encouragement et de tendresse.

Je secoue la tête négativement.

— Ce que tu es chiant, Jacques ! s'écrie Caroline. Vraiment, y en a marre... marre !...

Elle m'engueule. Sa gentillesse me touche. Visiblement, elle ne m'en veut plus de l'avoir flouée.

— D'ailleurs, dis-je, même si mon bouquin est publié, je ne passerai pas à la télévision.

— Qu'en sais-tu ? dit Antoine.

— Je refuserai.

— Pourquoi ?

— Je n'aime pas cet exhibitionnisme pour un auteur. Notre métier est d'écrire des livres, pas d'en assurer la promotion. C'est si vrai qu'un grand écrivain peut être maladroit, décevant dans la présentation de son œuvre, tandis qu'un écrivain médiocre, à côté de lui, saura, par son physique avantageux et sa langue bien pendue, vendre sa camelote à des milliers de gogos. La prime donnée aux beaux parleurs ! Le règne de la grimace et de la poudre aux yeux !...

Evidemment, c'est Antoine que je vise à travers ce réquisitoire. Il n'en est nullement choqué et reconnaît avec moi que « l'audiovisuel risque de fausser les vraies valeurs litté-raires ». Mais, dit-il, la télévision est tellement entrée dans les mœurs qu'on ne peut plus l'ignorer. En refusant d'y paraître, je me condamnerais à l'obscurité. Caroline soutient le point de vue de son père. De son côté, Dido me reproche de parler comme « un homme d'un autre temps ».

— Parfaitement! dis-je. Je suis un homme d'un autre temps! Et je n'ai pas l'intention de changer!

— Ton roman, lui, est bien d'aujourd'hui, réplique Dido.

— Oui, dit Caroline, c'est très direct, très moderne. Ça doit plaire...

Une fois de plus, j'ai l'impression qu'on me fait l'aumône.

— Ça parle de quoi? dit Patrick la bouche pleine.

— Tu le liras plus tard, tranche Caroline.

— Moi aussi, j'aimerais bien le lire! soupire Antoine.

En disant cela, il a le visage affable et naïf d'un camarade de classe. Nous sommes insépa-rables.

— Tu as autre chose à faire dans la vie, dis-je.

Il reconnaît qu'il est débordé de travail, que

ses dossiers l'accaparent, qu'il n'a même plus le loisir d'ouvrir un bouquin.

On passe au salon pour le café. Patrick se plante devant le poste de télévision. Dido proteste :

— Ah ! non, mon vieux ! Ça suffit avec la télé !

— Mais qu'est-ce que je vais faire ?

— Prends un livre et va te coucher !

Il bougonne mais obéit, le pied traînard et la lippe désenchantée. En partant, il embrasse tout le monde. Le contact de ses lèvres sur ma joue m'est désagréable. Caroline, à son tour, annonce qu'elle va se retirer dans sa chambre. « Tu m'excuses, dit-elle d'un air mystérieux : j'ai un coup de téléphone à donner. » Je reste avec Dido et Antoine. Soudain l'absence des enfants nous laisse nus. Comme si, sans le savoir, ils nous protégeaient contre nous-mêmes. Il n'y a jamais eu d'explications entre nous trois. Notre acceptation réciproque a été le fruit du silence. Aujourd'hui pas plus qu'hier, nous ne romprons ce pacte commode. Dido parle de Patrick, qui, malgré les cours de rattrapage, va probablement redoubler sa cinquième. D'après ses professeurs, il s'efforce de suivre, mais ne retient rien. Dans toutes les matières, il a du mal à fixer son attention. J'invoque l'âge ingrat, une certaine paresse intellectuelle. Caroline également donne des soucis à ses parents. Elle change, elle devient rétive, distante. Pour elle aussi, Dido et Antoine me demandent mon avis. Leur confiance m'émeut. Suis-je pour eux un psychologue appelé en consultation ou un membre de la famille ? Je me sens charnellement lié à cette maison où je n'ai que faire.

Il est une heure du matin lorsque je prends congé. Dido propose de me raccompagner en voiture. Je refuse. Dans la rue obscure, je respire, heureux de me retrouver seul. Un instant, je reste immobile au pied de ce sévère immeuble de l'avenue Georges-Mandel qui m'a recraché comme un pépin. Que se passe-t-il, là-haut, entre Dido et Antoine ? Prolongent-ils leur bavardage dans le salon ? Se séparent-ils, chacun retournant dans sa chambre ? Ou bien se dirigent-ils, tendrement enlacés, vers le même lit ? Le succès d'Antoine à la télévision, l'admiration trop visible de Dido autorisent cette supposition qui me déchire. J'allume une cigarette, tourne le dos au portail de verre et de fer forgé, et m'enfonce à grands pas dans la nuit.

Marcheur infatigable, traverser la moitié de Paris ne me fait pas peur. Des images de nudité dansent dans ma tête. Je me sens exclu, dépossédé, bafoué. Victime d'une injustice contre laquelle il n'y a pas de recours. Le choc de mes talons sur le sol résonne jusque dans mes mâchoires. Il est normal que Dido soit engouée de cet homme. Il a pour lui une relative jeunesse, la réussite, la tradition familiale, l'argent, tout ce qui me manque. Qu'il ait une liaison par ailleurs ne change rien à leurs rapports profonds. Ils restent mari et femme. Alors que, moi, je suis le divertissement, le souvenir, ou, ce qui est pis, le prétexte à une bonne action de temps à autre. Peut-être, en cet instant même, parlent-ils de moi en souriant sans méchanceté, comme d'un ami un peu misérable ?

Je presse le pas. Je traverse la Seine sur le pont de l'Alma. La nuit est fraîche, citadine, avec une forte odeur d'essence et d'asphalte. Les toits des maisons se découpent en carapaces noires sur un ciel brumeux. Peu de passants. Peu de voitures. Les quais. La profonde entaille du fleuve où bouge un silence liquide. Le dôme des Invalides. Une seule question : « Viendra-t-elle me voir demain ? »

IV

Un coup de sonnette me transperce de part en part. Je me réveille en sursaut. Ma montre de chevet marque midi et demi. Encore englué de sommeil, je me lève, enfile ma robe de chambre, descends l'escalier de la loggia et vais ouvrir la porte : Caroline ! En me voyant, elle éclate de rire :

— Tu dormais encore ?

— Oui, figure-toi !

Et j'ajoute :

— J'ai travaillé très tard, hier soir.

Comme si j'avais à m'excuser devant cette gamine.

— Tu as travaillé à quoi ? demande-t-elle, le regard malicieux.

Elle a flairé le mensonge. Je ne réponds pas et m'écarte pour la laisser entrer. Elle cligne les yeux dans la pénombre, marmonne : « Ce que ça sent la fumée, chez toi ! » et, d'autorité, tire les rideaux. Je reçois la lumière du jour comme un seau d'eau froide en pleine figure. La bouche pâteuse, je passe ma main en râteau dans mes cheveux et allume une cigarette : c'est la dernière du paquet.

— Eh, merde ! dis-je, il n'y en a plus. Tu vas m'en acheter au tabac du coin, pendant que je prends ma douche.

— Tu peux bien attendre cinq minutes !

— Non.

— C'est bon. J'y vais. Après, je t'invite à déjeuner. T'es d'accord ?

— Tu as de l'argent ? dis-je.

Elle décroche la bourse du pirate, l'ouvre et déverse un trésor de pièces sur la table.

— Regarde ! Il y en a plus qu'il n'en faut !

— Tu es gonflée, ma vieille !

— Je suis pour la circulation accélérée des capitaux !

— Comment se fait-il que tu sois libre ?

— C'est dimanche.

Je ne m'en étais pas avisé. Pour moi, tous les jours se valent. Je demande :

— Tu ne déjeunes pas avec tes parents ?

— Non, ils sont invités chez les Malpertuis. Lunch, bridge et tout le tremblement.

Cette révélation me surprend. Je croyais que Dido allait seule chez les Malpertuis. Il est rare qu'elle sorte avec Antoine. Serait-elle en train

d'inaugurer une nouvelle politique conjugale ?
Je ne laisse rien paraître de mon étonnement.

— Et Patrick ? dis-je.

— Il est en pension. Privé de sortie pour je ne
sais quelle histoire à la con !

— Ta mère sait que tu es venue me voir ?

— Non. Et je te demande de ne pas le lui
dire. Alors, tu te grouilles ?

Elle élève Roméo dans ses bras et le caresse.
Il se plaque contre sa poitrine, allonge ses deux
grosses pattes et s'agrippe, ainsi écartelé, à ses
épaules. Signe de confiance illimitée.

— Mes cigarettes ! dis-je.

— Ah ! oui...

— Prends ma clef et de l'argent sur la table.

Elle repose Roméo, ramasse l'argent, la clef
et s'en va. Je m'enferme dans la salle de bains.
La pensée de Dido me poursuit, tandis que je
m'ébroue sous la douche. Elle aime jouer au
bridge. Antoine aussi. Cela les rapproche. Moi,
ce jeu m'horripile. Le silence important de ces
gens, le cul vissé à leur chaise, leur concentra-
tion religieuse devant les cartes, leur dédain à
l'égard des non-initiés... Plusieurs fois, Dido a
voulu m'apprendre. J'ai toujours refusé. La
porte claque. Caroline est revenue. Elle m'in-
terpelle de loin :

— J'ai tes cigarettes !

— Merci.

— Tu m'emmènes chez « Lipp » ?

— Pourquoi chez « Lipp » ?

— Parce que tu ne vas jamais ailleurs. Et moi, j'aime...

La perspective de l'emmener chez « Lipp » m'amuse comme une escapade imprévue. Je m'habille rapidement. Pull-over gris à col roulé et pantalon de velours noir. Je suis aussi soigneux dans ma tenue que débraillé dans mes pensées. Quand je reparais devant Caroline, elle s'écrie :

— T'es tout beau, mon Jacques !

Au moment de partir, je songe à laisser un mot en évidence sur la table, à l'intention de Dido, pour le cas où elle passerait chez moi avant que je ne sois de retour. Pendant que je rédige le billet, Caroline se penche pour le lire et s'esclaffe :

— Toi, alors ! Dido ! Toujours Dido ! Tu es vraiment dingue ! Puisque je te dis qu'elle est avec papa ! Elle ne viendra pas de la journée ! Apprends à vivre sans elle ! Tu sais, elle est très égoïste, Dido ! Elle n'en fait qu'à sa tête ! Et toi, tu te laisses complètement bouffer par elle !

— Sur ce point, ma petite, tu me fous la paix ! dis-je en raflant sur la table l'argent de la bourse du pirate, les clefs et les deux paquets de cigarettes rapportés par Caroline.

Roméo a compris que je le délaissais. Assis à

sa place favorite, au bord du bureau, il affecte une indifférence altière. Toutes ses zébrures ont pris la pose. Je peux disparaître, il m'ignore.

Nous sortons. Caroline laisse sa moto dans la cour. Le restaurant est à quatre pas. Toutes les tables sont occupées. Nous attendons notre tour devant deux demis. Elle pose sa main sur la mienne, me regarde gravement et dit :

— Ecoute, Jacques, j'en ai plein le dos de la maison. Autant je te comprends, toi, autant mes parents me tapent sur les nerfs. Mon père surtout. Qu'est-ce que tu penses de lui ?

Décontenancé, je marmonne :

— C'est pour me demander ça que tu m'as invité à déjeuner ? Ton père est un type très bien, intelligent, cultivé, large d'idées...

— Tu mens ! dit-elle. La vérité, c'est que tu le détestes. Tu es amoureux de Dido...

— Cela ne m'empêche pas d'avoir de l'amitié pour Antoine.

— Depuis combien de temps êtes-vous ensemble, Dido et toi ?

Au lieu de répondre, je bois ma bière à longues goulées.

— Tu ne veux pas me le dire, reprend-elle. Mais je le sais. Vingt ans au moins. Un sacré bail ! Dans le fond, c'est uniquement à cause de Patrick et de moi que mes parents n'ont pas divorcé ! C'est trop con ! S'ils avaient divorcé, tu aurais épousé Dido ?

— Non.

— Pourquoi ?

Je développe devant elle ma théorie de l'esclavage matrimonial, du naufrage irrémédiable de la personnalité dans la confrontation quotidienne des ménages. Je suis véhément, méchant. Et elle m'approuve. J'aimerais aussi lui parler de la baisse inéluctable du désir dans l'habitude. Mais, à son âge de sève et de fougue, serait-elle capable de comprendre ce que signifie l'usure des corps ?

— En tout cas, moi, je ne me marierai jamais, affirme-t-elle.

— Tu as raison, ma vieille, dis-je.

— Mais j'aurai un enfant.

— Ce n'est pas indispensable.

— Si. Et je l'élèverai seule. Autrement qu'on ne m'a élevée moi. Je ne lui défendrai rien. Chez moi, ce sera comme chez toi, le désordre, la fantaisie. Pas d'horaires. Pas d'obligations. On mange quand on a faim. On dort quand on a sommeil. On travaille quand on a besoin d'argent. J'aime ta façon de vivre...

Je la laisse à son bavardage et continue à déguster ma bière philosophiquement.

— J'étouffe à la maison, poursuit-elle. Je voudrais partir, m'installer avec ma copine

Marina. On a déjà repéré un studio pas cher dans le quartier. Il faudrait que tu en parles à Dido. Elle t'écouterait...

— C'est trop tôt. Dans un an, peut-être, quand tu seras majeure...

Sans doute n'espérait-elle pas une décision immédiate, car elle se contente de cette lointaine éventualité :

— Tu promets ?

Un serveur nous avertit que notre table est prête, dans la salle du fond. Nous nous y transportons et passons la commande. Assise à côté de moi, sur la banquette, Caroline renoue sa confidence devant un cervelas rémoulade. Moi, je n'ai pas pris de hors-d'œuvre : je fume.

— Mon père voudrait qu'après avoir décroché ma licence en droit j'entre dans son cabinet, dit-elle. Pas question ! Je ne veux pas l'avoir sur le dos dans le travail après l'avoir eu sur le dos dans la maison. Il est bien gentil, mais il me casse les pieds. A Dido aussi, d'ailleurs, il casse les pieds.

On apporte la choucroute. J'ai très faim. Cela me rappelle que je n'ai pas dîné, hier soir. Pendant que je savoure les premières bouchées, Caroline enchaîne :

— Il est vrai que, depuis quelque temps, mon père et Dido s'entendent mieux. Ils ont l'air, comment dirais-je ? d'être de nouveau sur la même longueur d'onde. Tu ne trouves pas ?

De toute évidence, elle cherche à me piquer. Sale petite femelle, travaillée par une malice qu'elle ne s'explique pas elle-même.

— C'est exact, dis-je. Et j'en suis très content.

Elle m'éblouit d'un sourire et demande soudain :

— Aurons-nous assez d'argent pour payer l'addition ?

— Tout juste.

Son regard s'approfondit, comme celui de Dido dans les moments d'émotion intense :

— Je voudrais que nous vivions toute notre vie sur la bourse du pirate !

Tout à coup, son visage se fige dans l'attention. Ses sourcils se rejoignent. Son œil se durcit. Un garçon et une fille s'approchent d'une table qui vient de se libérer en face de nous.

— J'en étais sûre ! chuchote-t-elle.

— Quoi ? dis-je. Tu les connais ?

— Oui. C'est Didier et Sophie. Des copains.

Manifestement, elle n'est venue ici que pour les surprendre. Ils l'ont vue et, changeant de direction, s'avancent vers nous. Caroline fait les présentations, avec, me semble-t-il, un rien de fierté dans la voix.

— M. Jacques Levrault, un ami.

Après quatre mots d'amabilité, le couple nous quitte pour s'asseoir à sa table. J'ai l'impression d'être pris dans une intrigue de gamins. Caroline surveille à la dérobée Sophie et Didier qui jouent les habitués devant un serveur patient. Visiblement, ils veulent paraître au-dessus de leur âge. Je le dis à Caroline et elle éclate de rire. Elle rit trop fort, d'ailleurs. Comme au théâtre.

— C'est exactement ça ! dit-elle.

Et, à partir de cet instant, elle redevient joyeuse et animée.

— Que penses-tu de Sophie ? demande-t-elle.

— Elle a autant de charme qu'une savonnette oubliée sur le bord d'un lavabo.

— Tu exagères ! Elle a beaucoup de succès ! Qu'est-ce que tu lui reproches ?

— Son cheveu blond fadasse, sa peau de margarine et son manque total de regard.

Caroline proteste pour la forme. En vérité, elle est ravie. Je continue à détailler la salle, critiquant la toilette extravagante d'une voisine, la cravate ridicule de son compagnon, la tenue avachie d'une tablée d'Américains, l'air pincé d'une dame seule qui n'en finit pas de tourner sa cuiller dans un fond de café. Railler mes semblables a toujours été pour moi une volupté de l'esprit et même un exercice d'hygiène. Mais je me juge en même temps qu'eux. Lucide, je ne me pardonne rien. Je me sens con avec ivresse. Je débloque pour le plaisir de m'écouter. Cette pétarade d'étincelles m'amène à parler littérature. Je ressors, à l'usage de Caroline, certaines formules cinglantes que j'ai employées naguère devant Fougerousse et Bricoud. Elle en a le souffle coupé. Mon audace dans le dénigrement force son admiration. Un moment, je songe à utiliser cette fureur iconoclaste dans un article. Mais quel journal oserait le publier ? Je suis condamné à ne briller qu'en petit comité. Cela m'est égal. Le regard scintillant de Caroline me remercie d'être tel que je suis. Vis-à-vis de nous, Didier et Sophie mangent leur hareng de la Baltique sans échanger un mot. Muets et engourdis, ils ne savent même pas pourquoi ils sont ensemble. Leur jeunesse n'est qu'ennui, inculture et prétention. Nous ne prenons pas de dessert. Un café vite avalé et nous nous levons de table. En passant devant Didier et Sophie, Caroline leur accorde un sourire distrait.

Une fois dehors, je propose à Caroline de flâner dans le quartier. Elle accepte d'enthousiasme. Peu de monde dans les rues. Elle me prend le bras. Je connais mon Paris sur le bout du doigt. Des bribes de lectures me reviennent. Je montre à Caroline quelques vieilles maisons et lui raconte leur histoire. Elle m'écoute avec une attention qui me flatte. Devant l'immeuble où habita jadis Jean-Paul Sartre, à l'angle de la rue Bonaparte et de la place Saint-Germain-des-Prés, je profite de l'occasion pour donner mon opinion sur son œuvre. Zéro pour la lourde trilogie romanesque des *Chemins de la Liberté*. Mais le théâtre est à retenir. Et *Les Mots* sont un classique. Elle n'a pas lu le livre. En général, elle n'a pas lu grand-chose. Cette génération est celle de la bande dessinée. Les « bulles » leur tiennent lieu de nourriture spirituelle. Au vrai, il ne me déplaît pas que Caroline soit ignare.

— Je te prêterai *Les Mots*, dis-je. Tu verras. C'est fracassant !

Je lui apprends incidemment que les dépouilles de Boileau et de Descartes ont été transférées dans l'église de Saint-Germain-des-Prés, et je cite quelques vers de *L'Art poétique*. Elle paraît étonnée de ma mémoire. Alors, je déclame, en plein vent : Victor Hugo, Baudelaire, Verlaine, tout mon répertoire y passe. Elle rit.

— Tu es formidable ! Comment fais-tu pour te souvenir de tout ça ?

En fait, je ne savais plus moi-même que cette musique dormait en moi, intacte, depuis tant d'années. C'est toute mon adolescence studieuse qui se réveille dans ma tête en présence de Caroline. Nous zigzaguons autour de la place, remontons la rue Bonaparte et tombons en arrêt devant un cinéma qui affiche un film suédois dont Caroline a entendu dire grand bien. C'est justement le début de la séance. Nous entrons. Le film est un drame sentimental insipide, tout en gros plans. Je m'ennuie ferme. Et je souffre de ne pas fumer. A la sortie, Caroline me demande mon avis. Je déclare tout net :

— C'est un navet prétentieux.

Elle proteste :

— Tu n'aimes pas les films psychologiques ?

— Pas quand la psychologie frise, comme ici, l'indigence mentale.

Nous nous disputons. Elle me jette Freud à la tête. Je lui réponds que Freud n'a rien inventé. L'inconscient, les complexes, la libido, tout cela était déjà dans Dostoïevski. C'est Dostoïevski le grand maître de la psychanalyse. Et avant lui, peut-être, saint Augustin. Elle ne sait que répondre, par manque d'instruction. Un jour, devant des copains, elle répétera mes propos comme venant d'elle-même. L'esbroufe des jeunes. Moins ils ont de bagage, plus ils sont enclins à parader. J'en ai fait autant à leur âge. Comme il est plus de six heures, je me dirige résolument vers les « Deux Magots ». Mon secret espoir est d'y rencontrer Bricoud et

Fougerousse. Ils ne sont pas là. Dommage. Le café des « Deux Magots » déçoit Caroline, qui le trouve gris et pas marrant. Elle préférerait le « Drugstore », en face.

— On pourrait y manger quelque chose, dit-elle.

— Tu as encore faim ?

— Je prendrais bien une glace.

Je fais mentalement le compte de mon argent. Le contenu de la bourse du pirate est depuis longtemps dilapidé. Et j'ai déjà écorné mes dernières réserves. La fin du mois sera difficile. Je ne sais même plus combien il me reste en banque.

Nous traversons le boulevard et entrons au « Drugstore ». Les deux salles sont pleines à craquer. On fait la queue. Nous nous plantons devant une table dont les occupants viennent de payer l'addition mais campent sur place, silencieux, obtus, l'œil aussi vide que leur verre. J'appuie sur eux un long regard réprobateur. Gênés, ils finissent par déguerpir. Cinq minutes plus tard, nous nous retrouvons assis dans un box, Caroline devant une énorme construction de glace, de crème Chantilly et de fruits confits, moi devant un café.

— Ce sera mon dîner, dit-elle.

— On ne t'attend pas à la maison ?

— Non. Mes parents ont dit qu'ils resteraient tard chez les Malpertuis, que je n'avais qu'à me servir dans le frigo. Au fond, j'aurais pu t'inviter chez nous ! Mais c'est plus chouette comme ça. Tu te rends compte, nous aurons passé toute la journée ensemble !

Elle rayonne. Je n'ai pas envie de partir. Mais elle a fini sa glace en trois coups de cuiller et des clients piétinent déjà devant notre table, attendant que nous leur cédions la place. Je songe à commander un second café, lorsque Caroline s'écrie :

— Si nous prenions un hamburger !

— Après le dessert ?

— J'adore commencer le repas par la fin !

L'idée m'amuse. Ne dois-je pas, en toute circonstance, me montrer anticonformiste ?

— Va pour le hamburger, dis-je.

Et la serveuse prend la commande, tandis que les candidats à notre succession se renfrognent. Lorsqu'on nous apporte nos hamburgers, je me force pour en avaler une bouchée. Caroline, elle, ayant noyé sa boulette de viande hachée sous un flot de *tomato ketchup*, mange avec appétit. De temps à autre, elle lorgne un garçon assis à la table voisine. Je demande :

— Il te plaît ?

— Non.

— Alors, pourquoi le regardes-tu ?

— Comme ça...

— Tu as déjà fait l'amour ?

Elle ne sourcille pas et répond :

— Bien sûr.

Je suis persuadé qu'elle ment.

— Et ça t'a plu ? dis-je.

— C'est pas extra.

Nous en restons là. Après le hamburger, elle redemande une glace. Moi, je cale et me contente d'un autre café « très serré ».

Il est dix heures du soir quand nous reprenons le chemin de la maison. Dans la cour, elle met son casque, enfourche sa moto et se penche vers moi. J'embrasse un petit agent de police.

— Merci pour tout, Jacques, dit-elle.

Elle a les yeux brillants sous sa visière en plexiglas relevée. Sa bouche rit de bonheur. Je lui tapote l'épaule.

— On recommencera ? dit-elle encore.

Son démarrage pétaradant réveille la rue.

Je gravis l'escalier, à mon rythme habituel, jusqu'au troisième étage. Dès le seuil, Roméo m'accueille par un miaulement affamé. Il n'a pas mangé de la journée et je n'ai plus de viande pour lui. Comment n'ai-je pas pensé à lui apporter ce hamburger du « Drugstore », dont j'ai laissé les trois quarts dans mon assiette ? Il s'en serait pourléché. J'ouvre une boîte de pâté pour chat et il se jette dessus avec voracité. Pourvu qu'il le digère ! A peine me suis-je couché qu'il me réveille par des cris spasmodiques... J'allume juste à temps pour le voir vomir. Cet effort le déchire. Mais, aussitôt après, il se nettoie à légers coups de langue comme si de rien n'était. Allongé, royal de sérénité, dans un fauteuil, il me regarde laver, à quatre pattes, la moquette qu'il a souillée. C'est moi l'esclave et lui le maître. Quand j'ai fini, je ne peux plus me rendormir. Je descends de mon perchoir, prends *Les Mots* dans ma bibliothèque et relis le début du livre en pensant à Caroline qui aura bientôt la chance de le découvrir.

V

Toutes fenêtres ouvertes, Mme Toupin manie l'aspirateur avec l'énergie d'un terrassier. Le grondement de l'appareil dérange Roméo qui se réfugie, outré, dans la loggia. Moi-même, chassé par ce branle-bas de propreté, je déguerpis pour aller faire mes courses dans le quartier. Haut lieu de la bouffe, le carrefour de la rue de Seine et de la rue de Buci allonge, sur ses trottoirs, des murailles de viandes, de fromages, de légumes, de poissons. Sur la chaussée, une foule de ménagères flotte, indécise, entre toutes les tentations du ventre. Des odeurs puissantes les sollicitent et les étiquettes des prix les repoussent. Çà et là, des vendeurs les exhortent, d'une voix enrouée, à oublier la dépense pour ne penser qu'à la qualité. J'imagine, dans les têtes qui m'entourent, des additions au centime près. Les yeux des femmes courent en tous sens, captent, soupèsent, comparent. Sérieuses, méditatives, elles sont les déesses du ravitaillement. Derrière chacune, il y a une famille qui attend, la bouche béante, une fourchette à la main. Moi, je n'ai personne à nourrir, à part moi-même. Et Roméo. Pour lui et pour moi, j'achète du cabillaud surgelé. Et je demande au vendeur de me rendre la monnaie en pièces de dix francs. De même pour le pain, le fromage. Ces pièces représentent à mes yeux quelque chose d'ancien et, pour ainsi dire, de légendaire. Le temps des coureurs de mers et des détrousseurs de diligences. Bien entendu, je destine ces espèces sonnantes à la bourse du pirate. Contre toute raison, je me sens rassuré quand la sacoche de cuir offre aux regards une panse rebondie. J'aime entendre, en la secouant, le cliquetis du métal entrechoqué. Résurgence d'un souvenir enfantin, il me semble que rien de grave ne pourra m'arriver tant qu'elle sera pleine. Mon vrai trésor est là, pendu à un clou.

Je chemine, sans plus rien acheter, entre deux haies de mangeailles crues. Bidoche rose, lapins écorchés, têtes de veau mélancoliques, poulets exsangues, toute cette chair morte condamne la chair vivante qui l'assaille. Je ne peux passer dans cette rue sans détester la monstrueuse goinfrerie de la France.

Revenant sur mes pas, j'échappe, par la rue

de Buci, à l'obsession de la nourriture. La librairie de Fougerousse se trouve rue de l'Ancienne-Comédie. Une vitrine étroite comme une fenêtre, sombre, poussiéreuse, avec son lot habituel de « nouveautés » exposées aux regards des passants. Mais personne ne s'arrête. La littérature attire moins que la boustifaille. Et ce n'est que justice. Mon cabillaud m'est plus nécessaire pour vivre que les œuvres complètes d'André Gide. Je comprends que Fougerousse veuille vendre son fonds de commerce. Il est tapi au creux de sa boutique obscure, qui a les dimensions d'un couloir. Une vertigineuse architecture de bouquins l'enveloppe. A le voir dans son antre, je conçois mieux l'inanité de toute écriture. Combien parmi tous ces volumes jetés sur le marché trouveront un acquéreur ? Ce n'est pas un magasin, c'est une fourrière, pleine de chiens abandonnés qui aboient désespérément, qui supplient le visiteur de les adopter, de les emmener, de leur sauver la vie. Ici, viennent s'échouer, par vagues successives, les illusions des poètes, des penseurs, des inventeurs de mythes. Que de feuillets noircis pour rien ! Que de rêves avortés sous des couvertures alléchantes ! Un livre qui n'est pas lu est un livre qui n'existe pas. Il lui faut, pour s'animer, le souffle du lecteur penché sur ses pages. Fougerousse me tend la main et me dit avec un petit rire triste :

— Tu es mon premier client !

Je m'assieds en face de lui, de l'autre côté de la caisse. Pour la centième fois, il me parle des difficultés de son métier. Les éditeurs publient trop. Les livres sont hors de prix. Personne ne lit plus. L'image a tué le texte. Jeunes ou vieux n'ont que télévision en tête. Je l'écoute se lamenter sur une situation qui devrait m'affecter autant que lui. Mais je suis hors de la course. J'ai dépassé le découragement. Une femme âgée entre pour demander « le dernier Goncourt » et Fougerousse s'illumine. En un clin d'œil, ses appréhensions s'envolent. Je le quitte, tandis qu'il essaie d'intéresser sa cliente à je ne sais quel autre mouton à cinq pattes.

Quand je rentre à la maison, Mme Toupin achève le ménage de la salle de bains. Elle me crie du haut de l'escalier :

— Vous avez eu une visite !

— Qui ?

— Mme Derey.

Pourquoi Dido ne m'a-t-elle pas prévenu de son passage ? Cette manie de venir à l'improviste ! Comme si, par nature ou par fonction, je devais être toujours là, fidèle, disponible, l'arme au pied, à l'attendre. Contrarié, je demande :

72

— Ne vous a-t-elle rien dit pour moi ?

— Non.

Immédiatement, je téléphone chez elle. Je tombe sur Angèle. Madame est sortie. Elle n'a pas dit quand elle rentrerait. J'enrage de l'avoir manquée. Tout ça pour un morceau de cabillaud !

La concierge redescend l'escalier, son affaire terminée. Brossé, épousseté, récuré, ciré, aéré, mon logis paraît être celui de n'importe qui. Il faut que je m'y réhabitue. Je remercie Mᵐᵉ Toupin qui s'éclipse, non sans m'avoir chuchoté que Mᵐᵉ Villemomble a congédié sa femme de chambre et que c'est, chez elle, un défilé de bonnes dont aucune ne lui convient.

Lorsqu'elle est partie, Roméo condescend à reparaître, la queue frémissante, s'étire, et ouvre la gueule dans un bâillement de tigre affamé. Il est l'heure de son repas. Si je ne le nourris pas aussitôt, il va sauter sur un jeune zèbre, saigner une gazelle. Je fais cuire le cabillaud. Une moitié pour moi, avec un filet de citron. Une moitié pour lui, sans assaisonnement. Accroupi, le dos rond, il se régale. Moi pas. Je mâche un coton insipide. Pour amuser mon palais, je fume entre deux bouchées. Le déjeuner est vite expédié. Une fois rassasié, Roméo se détourne de son assiette et choisit un fauteuil pour s'y allonger confortablement. Je fais comme lui et vais m'étendre, tout habillé, sur mon lit, dans la loggia. Je n'ôte même pas mes chaussures. Le vide des heures à venir m'aspire comme un maelstrom. Je m'enfonce dans un entonnoir tourbillonnant de grisaille. Paupières closes, je rêvasse, je m'assoupis, je dors. Le sommeil, à n'importe quelle heure du jour, est devenu ma meilleure raison de vivre.

*
**

Dido a encore apporté du *halva*. Elle raffole de cette friandise orientale à goût de miel qui s'émiette et ensable la bouche. Je me régale, moi aussi, tout en plaisantant « ces mœurs amollissantes de harem ». Nous prenons le thé ensemble. Avant, elle est restée longtemps nue dans mes bras. Notre amour, j'en suis sûr, a été pour elle une déception. Il me semble qu'elle m'en veut de n'être pas mieux désirée. Mais elle ne le montre pas. Elle feint même de se contenter de mes caresses incomplètes. Entre nous, la tendresse remplace la fougue, l'habitude tient lieu de volupté. C'est un délicieux naufrage. Assis à distance, sur le bureau, Roméo, serein et majestueux, nous observe. Ses deux pattes de devant sont unies au bord du précipice. Sa queue repose en demi-cercle sur mes papiers. Une épaisse collerette de poils lui engonce le cou. Il y a dans cette immobilité compacte une force fascinante, engourdissante. J'ai l'impression que Dido a un peu peur de lui. En tout cas, elle ne le caresse jamais. Et il ne le demande pas. Je le regarde, je la regarde. Et ils satisfont tous deux, chacun à sa manière, mon exigence de beauté. Rhabillée, recoiffée, remaquillée, Dido bénéficie de l'éclat d'une nouvelle jeunesse. Visiblement, elle considère qu'elle m'a donné ma dose de bonheur, qu'elle ne me doit plus rien, que nous sommes quittes. Du reste, ne suis-je pas tenté de l'embrasser justement parce que je sais qu'elle ne me laissera pas conclure ? Son refus d'aller plus loin me rassure secrètement. Si elle cédait, je serais pris de panique. Nous nous comprenons si bien dans cette demi-impuissance de nos corps, dans cette totale fusion de nos âmes ! Elle me parle du *Mascaret*, qui se trouve depuis trois semaines aux éditions Leopardi. Je lui dis que je n'attends pas de réponse avant deux mois. Et j'en profite pour attaquer ce qui se publie par ailleurs :

— Le commerce de la librairie est entre les mains d'une bande de cinglés ou d'analphabètes. Hier, j'ai reçu des éditions de l'Aube un manuscrit à « rewriter » d'urgence : *Mon piolet et moi*, souvenirs d'un alpiniste. Je vais suer sang et eau pour le remettre en français. Et je ne peux même pas refuser : j'ai besoin de fric !

— As-tu payé ton téléphone ?

— Non.

— Ils vont te le couper !

— J'ai encore le temps.

— C'est idiot, Jacques ! Je vais te faire un chèque...

Je savais qu'elle me le proposerait.

— Cette fois, c'est décidé, dis-je : je vais voir Antoine pour vendre mes emprunts d'Etat, mes obligations... Je ne m'en sortirai pas autrement !

— Surtout pas ! tranche Dido. Ce sont des valeurs sûres !

C'est Antoine qui me les a fait acheter. Comme je suis totalement ignare en matière de finances, il me conseille et je l'écoute. Même ma déclaration d'impôts, c'est lui qui l'établit. Que ferais-je sans lui dans cet univers de rapaces ?

— Où est la note du téléphone ? interroge Dido.

— Je ne sais pas... Quelque part par là...

Nous fouillons ensemble parmi les papiers qui ensevelissent ma table. Roméo, dérangé, proteste par un bref miaulement et saute à terre. Enfin Dido pêche la facture au milieu du courrier en retard. Elle me demande mon stylo à bille et rédige le chèque, entre la tasse de thé et l'assiette où gît une dernière tranche de *halva*.

— Es-tu sûr que cela suffira ? reprend-elle.

— Certain, dis-je. Pour le reste, je me démerderai.

Je baise sa main qui tient encore le stylo à bille. Tout est simple entre nous. Notre entente est si parfaite qu'elle exclut la pudeur. Nous buvons notre thé, les yeux dans les yeux.

— Que fais-tu en fin d'après-midi ? demande-t-elle.

— Je retripatouille ce manuscrit mal ficelé qu'on m'a envoyé, dis-je. Et toi ?

— Je vais passer à la galerie. Tu viens avec moi ? J'aimerais que tu voies les toiles de Pontacq. Elles sont...

Un coup de sonnette l'interrompt.

— Qu'est-ce que c'est ? murmure-t-elle.

— Je n'en sais rien.

— Tu attends quelqu'un ?

— Non.

Je me lève et m'apprête à me diriger vers la porte, mais elle me saisit par la main et chuchote :

— N'ouvre pas !

Je me rassieds. Deuxième coup de sonnette plus impératif. Nous ne bougeons pas, silencieux, le souffle retenu. Evidemment Dido ne veut pas qu'un étranger la trouve chez moi en tête à tête. Après le troisième coup de sonnette, un bruit de pas décroît dans la cage d'escalier rendue sonore par l'absence de tapis. Dido se précipite vers la fenêtre et soulève légèrement le rideau de voilage pour découvrir la cour. A demi masquée, elle surveille la sortie. Au bout d'un moment, elle s'exclame :

— Caroline ! Elle t'avait prévenu qu'elle viendrait ?

— Non.

L'indignation contracte son visage.

— C'est inadmissible ! dit-elle. Cette gamine te relance à tout bout de champ. Nous ne serons plus jamais tranquilles si elle prend l'habitude de sonner pour un oui ou pour un non à ta porte. Elle pourrait au moins téléphoner avant pour demander si elle ne te dérange pas. Il faut absolument que tu lui dises de te fiche la paix, de *nous* fiche la paix !

— Je ne lui dirai rien.

Le regard de Dido étincelle, vif comme une lame brandie :

— Alors, pendant que tu y es, cours après elle, invite-la au restaurant comme tu l'as fait dimanche, donne-lui la clef pour les autres jours !

— Je ne lui donnerai pas la clef, mais elle sera toujours la bienvenue ici.

— Tu trouves agréable qu'elle nous espionne ?

— Elle ne nous espionne pas. Elle vient me voir en passant. Comme n'importe qui pourrait le faire.

— Elle n'est pas n'importe qui. Elle est ma fille.

— De toute façon, elle est au courant...

— Justement. Il suffit qu'elle soit au courant. Je ne veux pas qu'en plus elle soit tout le temps dans nos pattes !

La fureur de Dido m'amuse. Je me plais à la faire bouillonner.

— Est-ce ma faute si Caroline a de l'amitié pour moi ? dis-je. Aurais-tu été plus heureuse si elle m'avait détesté ? Moi aussi, d'ailleurs, j'ai beaucoup d'affection pour elle !

Dido s'est ressaisie. Pourtant la contrariété bloque encore son regard. Avec des gestes brusques, elle emporte les tasses, les assiettes, la théière dans la cuisine, tourne les robinets, rince, range, et je l'aide maladroitement. Elle est ici chez elle. Plus peut-être que dans son grand appartement de l'avenue Georges-Mandel. Mais la cuisine est si exiguë que nous pouvons à peine nous y tenir debout tous les deux. A chaque mouvement, je la frôle. Elle respire vite. Je la prends dans mes bras et elle se laisse aller contre ma poitrine. Je la sens lourde d'une tristesse qu'elle ne sait plus définir. En nous poursuivant jusqu'ici, Caroline a empiété sur le domaine de sa mère, elle a déplacé les pions, elle a faussé le jeu. Quand Dido se détache de moi, je devine qu'elle n'a rien oublié, qu'elle n'a rien pardonné. Le calme de son visage cache une inguérissable mélancolie. Elle ramasse son manteau sur une chaise. Je demande :

— Où vas-tu ?

— Je te l'ai déjà dit : à la galerie !

— Tu es si pressée ?

— Oui.

Je lui saisis le coude. Elle se dégage. J'essaie de l'embrasser sur la bouche. Ses lèvres sont mortes.

Resté seul, je regrette notre séparation sur un malentendu. Je m'assieds à ma table de travail et tente de mettre au net le manuscrit de *Mon piolet et moi*, où l'impropriété de langage le dispute aux fautes grammaticales. Après une demi-heure de rafistolage, ligne après ligne, je suis à bout de patience. Le souvenir de Dido me hante. Je ne puis supporter l'idée de ce baiser froid, de cette fuite indifférente dans l'escalier. Il me paraît urgent de la revoir. Plantant là le manuscrit, je descends dans la rue. Le ciel est gris. Il bruine. Mais le sol est à peine mouillé.

La galerie se trouve rue Jean-Goujon. J'y vais à pied. Cette longue marche à travers le Paris des encombrements, de la brume et de la bousculade fantomatique me fait oublier quelque peu ma déconvenue.

Devant la vitrine du magasin, je reçois un choc. Le tableau exposé — une accumulation de triangles multicolores sur un fond noir — est d'une laideur hallucinante. Signé Pontacq, bien sûr. Et on en devine une vingtaine du même acabit aux murs. J'ai souvent reproché à Dido sa prédilection pour un art abstrait qui n'épate plus personne. Je lui ai dit qu'en s'acharnant à défendre ces fabricants de papier peint qui se prétendent des artistes elle était en retard d'une génération. Je l'ai suppliée d'ouvrir les yeux sur la formidable supercherie que représente ce commerce de fausses valeurs. Elle ne veut rien entendre et continue à exhiber fièrement ses croûtes et ses crottes. Ce qui me stupéfie, c'est qu'elle trouve tant de gens pour lui acheter sa marchandise. Des gogos qui se croient dans le vent et qui « investissent » avec le double sentiment de la délicatesse esthétique et de la prévoyance financière. A vomir !

Je pousse la porte et, dès le premier regard, je constate qu'elle n'est pas là. Marilène, son associée, me reçoit, assise derrière une petite table. En voyant entrer un client, son visage s'illumine. Puis elle me reconnaît et paraît déçue.

— Bonjour, Marilène, dis-je. Où est Dido ?

— Elle est partie, il y a cinq minutes. Antoine est venu la chercher.

Je feins le détachement, alors que cette petite phrase me ronge comme un acide. L'idée que Dido finisse sa journée avec Antoine m'est d'autant plus intolérable qu'une heure plus tôt elle était avec moi. Je pense à sa bouche.

— Vous avez vu nos Pontacq ? me dit Marilène.

— Oui. C'est vraiment de la merde.

Elle suffoque :

— Comment pouvez-vous dire... ? Nous avons eu un article dithyrambique dans *Le Figaro* !

Sans l'écouter, je demande :

— Savez-vous où elle est allée ?

— Elle rentrait chez elle.

— Avec Antoine ?

— Oui, je pense...

Ma décision est aussitôt prise : je sors du magasin et me rends, d'un pas accéléré, avenue Georges-Mandel. Encore une sacrée trotte. Il est sept heures et quart quand je sonne à la porte de Dido. C'est Angèle qui m'ouvre, tout étonnée de me voir.

— Ah! Monsieur Jacques. C'est dommage : Madame et Monsieur ne sont pas là! Ils ont téléphoné qu'ils ne rentreraient pas dîner!

— Mais moi, je suis là! crie Caroline en surgissant derrière le dos d'Angèle.

Et elle m'entraîne dans sa chambre. Une chambre moderne, rose, aux sièges bas, avec, sur les murs, des gravures abstraites dans le style qu'affectionne sa mère. L'inévitable électrophone dans un coin. Un poster hideux au-dessus du lit. Elle me désigne un fauteuil. Je refuse de m'asseoir.

— Je suis pressé, dis-je.

— Tu as bien cinq minutes. Qu'est-ce que tu lui voulais, à maman?

— Rien de spécial. Je passais la voir.

— Tu l'as déjà vue aujourd'hui!

— Non.

— Menteur! Je suis sûre que tu étais avec elle cet après-midi, quand je me suis pointée chez toi!

Je ris :

— Tu pourrais tout de même téléphoner avant de venir!

— Je vous ai dérangés? demande-t-elle.

— Un peu.

— Mille excuses ! Dorénavant, je prendrai rendez-vous huit jours à l'avance !

— Idiote ! Amène-toi quand ça te chante ! Si je peux te recevoir, je t'ouvre. Sinon, tu te tires. C'est tellement simple !

— Tu ne veux vraiment pas t'asseoir ?

Ma longue marche dans les rues m'a fatigué au point que, tout à coup, mes jambes se dérobent sous moi. Je cède et m'effondre dans un fauteuil aux capitons élastiques.

— Qu'est-ce que tu faisais ? dis-je.

— Je repassais mon droit civil. C'est chiant ! Tiens, tu tombes à pic : tu vas me faire réciter.

Elle me tend des feuillets polycopiés. J'allume une cigarette et cherche des yeux un cendrier. Une soucoupe fera l'affaire. Devant moi, Caroline débite, d'une voix monocorde, des considérations juridiques auxquelles je ne comprends rien. Son sérieux m'époustoufle. Elle se prend vraiment pour un maître du barreau. A mille lieues de son exposé, je songe à ce que fut sa naissance, quelque dix-sept ans plus tôt. Dido enceinte. Son ventre. Ses malaises. J'étais furieux. De qui était l'enfant ? Pressée de questions, Dido a fini par m'avouer qu'elle avait encore, de loin en loin, des rapports avec Antoine. Je lui ai crié mon dégoût, ma haine. Nous avons rompu. Je crois bien que nous sommes restés plus d'un an sans nous voir. Puis, tout a recommencé. Plus tard, nouvel accroc : la naissance de Patrick. Cette fois, j'ai accepté la situation avec une résignation ricanante. Après tout, dans cette division d'une femme, j'avais la meilleure part. A Antoine la respectabilité, la façade, les mouflets avec leurs maladies, les soucis domestiques, tout le triste fumier des ménages. A moi, la fleur qui poussait dessus. Je n'ai pas changé d'avis. En dépit des apparences, c'est moi le plus riche. Ces idées me traversent en lent cortège, tandis que Caroline, innocente, croit m'intéresser par sa récitation de perroquet. Mais, à trop évoquer le passé, on finit par rattraper son âge. Les dix-sept ans de Caroline m'en assignent indiscutablement soixante-sept. Elle a une fraîcheur de teint, une vigueur de regard qui me découragent. J'ai, certes, la même sensation devant Dido. Mais plus atténuée. Caroline navigue sur des eaux qui ne sont pas les miennes. A un certain degré, la différence d'âge devient une différence de race. Soudain, Caroline interrompt son monologue pour me demander :

— Si tu restais dîner avec moi ?

J'accepte. Caroline appelle Angèle et lui donne ses instructions avec un air d'importance amusée :

— Nous avons un invité, ce soir, Angèle. Vous ajouterez un couvert.

Elle singe sa mère à la perfection. Mais, derrière l'expression concentrée de son visage, son nez reste impertinent, ses yeux pétillent. Angèle entre dans le jeu :

— Bien, Madame. Je mets le service bleu ?

— Evidemment !

Et toutes deux éclatent de rire.

Nous nous retrouvons assis face à face, dans la salle à manger solennelle, à la table de marbre et aux tableaux agressifs. Le tout glacial. Avec l'ombre du décorateur dans un coin. Sa présence est d'ailleurs sensible dans toutes les pièces de l'appartement. Installé ici, j'ai l'impression de prendre une revanche sur Dido qui m'a quitté dans un accès d'humeur pour courir Dieu sait où avec Antoine. Elle croit que je me terre comme un animal blessé dans mon antre, et je me goberge, radieux, chez elle. Ce retournement de situation me procure le plaisir d'une farce réussie. Le repas est très gai. Caroline me parle de ses études, de ses amis, principalement de Didier, que j'ai mal vu, dit-elle, l'autre dimanche, chez « Lipp ».

— Il est très chouette, très inattendu. Par certains côtés, il te ressemble !

— Bigre ! dis-je d'un ton faussement admiratif.

Et j'ajoute :

— Tu me parais sérieusement pincée !

Elle hausse les épaules :

— Mais non ! Tu ne comprends rien ! On peut avoir de la sympathie pour un type sans pour ça...

Elle laisse sa phrase en suspens. Puis, je ne sais pourquoi, nous en venons à discuter politique. Je lui dis mon dégoût pour ce genre d'activité où les utopistes trahissent leurs rêves sous la pression de la réalité et où les réalistes déguisent leurs crimes sous des motifs utopiques. Gouverner, c'est se mentir à soi-même et mentir aux autres. N'étant pas de la race des dupes, j'estime que tous les partis se valent, que la société est pourrie du faîte à la base et qu'il faudrait « casser la baraque ».

— Pour la remplacer par quoi ? demande-t-elle.

— Je n'en sais rien. On verra plus tard.

— C'est exactement ce que prétend Didier, conclut-elle triomphante. Vous êtes tous les deux des anarchistes.

— Oui, mais moi je suis un anarchiste bourgeois, un anarchiste non violent. Je gueule et je n'agis pas. Je milite pour le *statu quo*, avec la permission de cracher dessus.

— Lui aussi. Il y en a beaucoup comme ça, à la fac. Tu aurais du succès, si tu étais prof chez nous !

Cette remarque me flatte et je me demande

pourquoi. Ne vaut-il pas mieux proclamer les idées de son âge plutôt que d'habiller un vieux corps avec des oripeaux d'adolescent ? Pour ce dîner en tête à tête, Caroline a fait monter de la cave du vin de Cassis blanc. Il ne s'accorde pas du tout avec notre grillade. Mais elle le préfère à tout autre. Nous en buvons largement. Toute la bouteille y passe. Caroline est gentiment pompette. Elle jacasse sans arrêt et le nom de Didier revient souvent dans sa bouche. Nous prolongeons le dîner par une orgie de biscuits à la cuiller.

Vers dix heures du soir, la porte d'entrée retombe avec un bruit sourd. Dido et Antoine nous surprennent encore à table. Le visage stupéfait de Dido me récompense de mon acceptation. Le dépit, la colère, peut-être même une pointe de jalousie aiguisent son regard.

— Jacques n'avait rien à faire, dit Caroline. Je l'ai invité à dîner.

— Bonne idée ! dit Antoine.

Dido, elle, ne se livre à aucun commentaire. Le salon nous accueille tous les quatre dans ses fauteuils précieux. Antoine m'offre une framboise. Je la déguste à petites gorgées, en fumant. Une sensation de bien-être, de plénitude, d'harmonie rayonne de mon ventre à mon cerveau. Mollement assise dans une bergère, Dido me fait la tête. Cela m'est bien égal. Ce soir, j'ai gagné sur elle. Après dix minutes d'une conversation plate et grise comme un quai de métro, elle prétexte un mal de crâne « à couper au couteau » pour se retirer dans sa chambre. Sa sortie équivaut à une condamnation. Mais je ne m'en inquiète pas. Je suis sûr de la revoir demain. Elle rira avec moi du tour que je lui ai joué. Nous ne sommes plus que trois au salon. Antoine, qui, entre autres choses, collectionne les timbres-poste, me montre sa dernière acquisition. Incapable d'apprécier à sa juste valeur ce minuscule carré de papier dentelé et colorié, je feins cependant de m'intéresser à sa rareté et à son prix. Puis cette politesse même me fatigue. Je déclare tout net que je me moque de la philatélie. Caroline m'approuve. Pour l'heure, je la sens prête à me donner raison en tout. Antoine rit de notre entente sur son dos. Un bon bougre. Ou plutôt un imbécile cultivé. L'espèce en est très répandue. Ce sont ces gens-là qui gagnent de l'argent, écrivent dans les journaux, brillent aux dîners en ville et dirigent le monde. Moi, j'appartiens au peuple de la cave. Je vis sous terre. Je me nourris d'ombre. Il est temps que je retourne chez moi.

Je demande à Caroline s'il ne lui reste pas un peu de viande froide pour Roméo. Elle m'en apporte dans un papier, avec du riz et des carottes.

Un dernier verre de framboise et je prends le large. J'ai un peu trop bu. La tête me tourne. Quand je retrouve Roméo, sa beauté me frappe comme si je le voyais pour la première fois. J'admire la symétrie des tigrures noires sur ses joues, sur ses flancs, sur ses pattes. Dans son regard fixe, phosphorescent, je lis la science, la sérénité et la noblesse. Il sait tout de moi qui ne sais rien de lui. Je lui donne à manger et c'est lui qui me nourrit. Tandis que je lui coupe sa viande en menus morceaux, il m'observe, assis par terre, sur son arrière-train, les pattes de devant unies, le museau levé, et, tout à coup, je n'ai plus besoin de personne.

VI

Estomaqué, je demande :

— Quand pars-tu ?

— Demain matin, répond Dido avec un sourire suave.

Elle paraît inconsciente du désarroi où me plonge cette nouvelle. Ou plutôt elle refuse d'envisager que je puisse en souffrir. Une façon comme une autre de préserver sa tranquillité personnelle.

— Tu aurais pu me prévenir plus tôt, dis-je.

— Mais enfin, Jacques, tu sais bien que nous partons toujours à Pâques pour les vacances de Patrick. D'ailleurs, je te l'ai dit, rappelle-toi...

C'est vrai : elle a dû m'en parler incidemment et cela m'est sorti de la tête.

— Tu y vas comment ? dis-je.

— Par avion, comme d'habitude.

— Combien de temps comptes-tu rester à Saint-Tropez ?

— Le temps des vacances de Patrick : trois semaines.

Une si longue séparation ! Je suis atterré ! Autrefois, ils m'emmenaient toujours avec eux en voyage. Italie, Espagne, Portugal, Egypte, j'étais de toutes les expéditions, de toutes les fêtes. Maintenant, elle ne me propose même plus de les accompagner à Saint-Tropez. Est-ce la fin d'une époque ? La fin d'un amour ? Je balbutie :

— Tu es heureuse de partir ?

— Bien sûr, Jacques ! Comprends-moi, je suis heureuse parce que Patrick est heureux. Il a treize ans. Je ne le vois qu'un dimanche sur deux. Là, je vais l'avoir tout à moi pendant quelques jours !

— Et Antoine, qu'est-ce qu'il fait ? Il reste avec vous tout ce temps-là ?

— Je pense. Pour lui aussi, ces vacances avec son fils sont importantes. Patrick adore son père et a si peu l'occasion de bavarder avec lui !

— Et Caroline ?

— Ça, c'est un problème ! Pour la première fois, elle refuse de venir. Elle préfère rester à Paris, soi-disant pour repasser ses cours. Elle nous rejoindra peut-être dans une huitaine. Tu la connais : elle devient terrible ! Et toi, pendant mon absence, que feras-tu ?

Question insensée ! Ai-je jamais eu des projets en dehors d'elle ?

— Toujours ce manuscrit à éplucher, dis-je : *Mon piolet et moi...*

— Ce n'est pas très exaltant !

— C'est alimentaire. Et puis, ça m'occupe !

— Tu ne veux pas penser à un autre roman ?

— J'en ai déjà un qui se balade à la recherche d'un éditeur. Tu ne crois pas que ça suffit ?

Elle n'insiste pas, regarde sa montre à son poignet et s'exclame :

— Déjà quatre heures dix ! Et Patrick qui m'attend dans la voiture depuis un quart d'heure, le pauvre ! Il faut que je me sauve !

— Pourquoi ne lui as-tu pas dit de monter ?

— Je ne tiens pas tellement à le voir ici ! Et puis, je voulais te parler tranquillement, Jacques ! Ne boude pas. Embrasse-moi...

Elle s'appuie contre ma poitrine. Je ne résiste pas et m'incline sur cette bouche entrouverte où brille la lame fraîche des dents. On sonne à la porte. Trois coups précipités.

— C'est sûrement lui ! chuchote Dido d'un air coupable. Il en a eu assez d'attendre !

J'ouvre et me trouve devant un échalas. Il a encore grandi en quelques semaines. Son baiser me mouille la joue.

— Ben alors ? marmonne-t-il en voyant sa

mère. Tu m'avais dit cinq minutes ! Ça fait une demi-heure que je poireaute !

— N'exagérons pas ! dit-elle en riant.

Et, tournée vers moi, elle demande :

— Comment le trouves-tu ?

— Superbe ! dis-je.

— Il a pris cinq centimètres depuis le début de l'année !

— Tu es content de partir pour Saint-Tropez ? dis-je à Patrick.

— Ouais, grogne-t-il, mais il paraît qu'on ne pourra pas se baigner : l'eau est trop froide. J'essaierai quand même !

— Tu n'essaieras rien du tout ! s'écrie Dido. Je ne veux pas que tu attrapes la crève !

— T'en fais pas, Dido, réplique-t-il. La carcasse est solide !

Il se frappe la poitrine avec son poing. Et il embrasse sa mère. Ils sont joue contre joue. Ces lècheries me paraissent ridicules et déplacées.

— Eh bien, dit-elle en se dégageant doucement, cette fois nous devons filer !

— Où allez-vous ? dis-je.

— Faire des courses. Surtout pour lui. Si tu voyais dans quel état il m'a rapporté son trousseau de la pension !... Tout est à remplacer !

Elle semble à la fois indignée et ravie que son fils lui donne tant de soucis. Enfant, il occupait moins son esprit. En prenant de l'âge, il l'a lentement et sûrement accaparée. Elle s'inquiète de ses piètres résultats scolaires, de ses troubles de croissance, de sa puberté précoce, de son acné, de ses camarades de pension, de ses silences, de ses pauvres secrets de gamin grandi trop vite. Elle n'en revient pas d'avoir pondu un homme. Comme il se gratte un bouton sur la joue, elle l'arrête :

— Laisse ce bouton ! Tu finiras par avoir un abcès !

Il obéit. Elle lui tapote l'encolure comme elle le ferait à un poulain. Je suis désespéré. Mes points d'appui cèdent l'un après l'autre. Plus je m'accroche à elle, plus elle m'échappe. Soudain, elle m'éclaire d'un sourire et propose :

— Viens avec nous, Jacques !

Je me cabre :

— Que veux-tu que j'aille foutre dans les magasins ?

— On sera ensemble tous les trois ! C'est sympathique, non ?

Sa voix a toujours eu sur moi un effet d'apaisement, de déliement subtil. Je flanche avec le sentiment misérable d'être invité par raccroc.

— Oui, viens donc, Jacques ! dit Patrick en me donnant une bourrade.

Nous sortons. Un étrange trio. La voiture de

Dido est si petite que j'ai du mal à y caser mes jambes. Recroquevillé derrière nous, sur la banquette, les genoux au menton, Patrick marmonne :

— Quelle casserole !

— Elle est très bien pour Paris, ma casserole ! affirme Dido. Je n'en veux pas d'autre.

Nous partons en trombe. Dido conduit avec insolence. Patrick lui donne des conseils :

— Double-le !... Là, tu as la place de passer !... Accélère !... Accélère !...

— Tu veux le volant ? demande-t-elle brusquement.

C'est la dispute rituelle. Ils s'amusent. Je n'existe plus.

Nous nous garons dans l'étouffoir sombre et puant d'un parking souterrain, place de la Madeleine. De là, Dido nous emmène faire quelques emplettes personnelles. Première plongée dans la boutique d'un bottier pour échanger une paire de chaussures achetées là veille et qu'elle juge trop petites. Puis, nous nous rendons dans un charmant magasin de « prêt-à-porter ». Elle choisit des blouses. Je la vois disparaître dans la cabine d'essayage et reparaître chaque fois renouvelée. Je suis au spectacle, et l'admiration que j'éprouve me torture. Patrick, lui, s'ennuie ferme, la face éteinte, le dos mou.

— Comment trouves-tu celle-ci? demande Dido en pivotant avec lenteur devant la glace.

Est-ce à moi qu'elle s'adresse ou à Patrick? Je pense que cette blouse est destinée à séduire Antoine et c'est avec une rage rentrée que j'approuve. Devant moi, se construit un bonheur de coquetterie dont je suis exclu.

— Très bien, dis-je.

Patrick répète en écho :

— Très bien !

Et son compliment la flatte, j'en suis sûr, plus que le mien. Elle se laisse encore tenter par un tailleur en shantung beige, qui — miracle ! — lui va sans retouches. La vendeuse s'extasie et sollicite mon avis.

— Tu devrais le prendre, dis-je.

Elle le prend et signe un chèque. Nous ressortons, chargés de paquets. Elle serre le bras de Patrick.

— Et maintenant, lui dit-elle, à nous deux, mon bonhomme.

Nous nous engouffrons dans un magasin, dont la bousculade élastique et silencieuse m'ahurit. Néon, nickel et glaces, c'est un univers factice où l'air même semble artificiel et glisse dans les poumons sans les nourrir. Dido navigue avec sûreté entre les étalages. Je la suis, conscient de mon inutilité. Patrick traîne loin derrière. Nous achetons des slips, des gilets

de corps, des chaussettes, deux pull-overs...
Tout pour Patrick. Chaque fois, elle annonce
péremptoirement à la vendeuse : « Taille seize
ans. » Son évidente satisfaction m'agace.
Comme si une haute stature était un brevet
d'excellence. Je regrette d'être venu. A présent,
Patrick essaie des blue-jeans. Il ressort de la
cabine en tenant un pantalon à la main.

— Il est trop petit, dit-il.

Il est en gilet de corps, les cuisses nues, et son
slip bombe sur son sexe. Dido l'examine de la
tête aux pieds. Aucun détail ne lui échappe.
Sans doute même est-elle fière qu'il soit bien
monté. Elle ne le regarde pas avec ses yeux
mais avec ses entrailles. Elle n'en finit pas de le
mettre au monde. La vendeuse apporte d'autres blue-jeans. La taille au-dessus. Pendant
qu'il les essaie, dans la cabine, Dido se penche
vers moi et chuchote :

— Depuis quelque temps, il s'enferme à clef
dans la salle de bains pour prendre sa douche.
Il se gêne de moi ! Tu te rends compte ?

Son allégresse me révulse. Quelle banalité
femelle ! Patrick ressurgit, tout habillé. Cette
fois, le blue-jean est à sa mesure. Il le trouve si
bien coupé qu'il décide de le garder sur lui. Sa
mère le plaisante sur sa coquetterie. Il hausse
les épaules, puis l'embrasse maladroitement :

— Merci, Dido !

Nous retournons au parking. Subitement, Dido est pressée de rentrer chez elle : les valises à finir. L'impatience de cette mère de famille à la veille des vacances m'attriste. Elle rejoint le troupeau de ses congénères, alors que je la croyais exceptionnelle dans le défi à la loi commune. De tout le trajet, je ne desserre pas les dents.

Ayant trouvé une place pour garer sa voiture sur le terre-plein, devant la maison, Dido m'interroge :

— Tu montes cinq minutes ?

Je reçois ce « cinq minutes » limitatif comme une gifle. Pourtant, je prends l'ascenseur avec Dido et Patrick. Une fois dans l'appartement, Dido se déchaîne, étourdit Angèle d'ordres et de contrordres. Caroline n'est pas là. Patrick se retire, avec les paquets, dans sa chambre. J'accompagne Dido dans la sienne. Une valise est ouverte sur le lit. A l'intérieur, des vêtements, du linge, de menus objets de toilette. La vision de ce déménagement intime m'est intolérable. J'y décèle une offrande à un autre que moi. Volé, berné, je prends les mains de Dido et murmure :

— Je m'en vais.

Elle me regarde sans surprise. Elle est lisse comme un galet. Je devine que ma décision l'arrange. Ma présence lourde dans la maison doit l'empêcher d'être entièrement à la joie de son prochain départ. Quand elle ne me verra plus, elle sera tout à fait libérée.

— Eh bien, au revoir, Jacques, dit-elle.

— Amuse-toi bien, dis-je. J'espère que vous trouverez du soleil, là-bas.

— Tu es gentil !

Je crispe les mâchoires. Non, je ne suis pas gentil. Je la déteste, je déteste Antoine, je déteste Patrick, je déteste l'argent qui leur permet de me fuir, je déteste cette valise en cuir fauve où elle a entassé tant d'objets qui touchent à sa peau, je déteste ce lit qui n'est pas notre lit, cette chambre où nous n'avons jamais fait l'amour, je déteste tout ce qui me sépare d'elle et me renvoie à ma solitude. Elle me raccompagne jusqu'à la porte d'entrée. Sur le seuil, elle m'embrasse. Nos lèvres se rencontrent, mais nos pensées restent distantes. Elle est déjà loin, avec Antoine. Et moi, je n'ai pas envie d'elle. Ce baiser entre nous n'est plus qu'une convention.

— Je te téléphonerai de là-bas, en arrivant, dit-elle encore.

Je ne l'écoute pas et me lance dans l'escalier. J'ai compté sans mon âge. Dès la première marche, mes genoux fléchissent. Je ralentis le mouvement et continue ma descente pas à pas, avec une prudence hargneuse. Dehors, la grisaille des pierres répond à la grisaille du ciel. Je me hâte de traverser ces quartiers voués aux immeubles orgueilleux, aux situations assises. Tout ici, depuis les façades des maisons jusqu'aux arbres des avenues, proclame l'opulence, la morgue et la domination. Je n'y suis pas chez moi. Place du Trocadéro, la pluie me surprend. Je pourrais m'abriter sous un porche ou prendre le métro. Je m'y refuse par un farouche besoin d'ajouter un désagrément physique au désespoir et à la colère qui m'envahissent. Relevant le col de mon veston, je fonce sous l'averse qui crépite. D'abord légère, la pluie redouble de violence. L'eau coule sur mon visage, dans mon cou. Mes chaussures boivent les flaques. Le paysage se dilue sous mes yeux. Impavide, je continue ma marche d'aveugle à travers le déluge. De plus en plus, cette débâcle liquide convient à mon humeur. Je voudrais qu'elle ne s'arrêtât jamais, que Paris disparût, lavé de la surface de la terre. Et moi avec.

Quand j'arrive rue Bonaparte, je suis trempé jusqu'aux os. Au lieu de me changer, je me borne à m'essuyer le visage, les cheveux, les mains. Ma chemise colle à ma peau. Tant pis, elle séchera sur moi. Je n'ôte même pas mes chaussures qui laissent des traces boueuses sur la moquette. Roméo vient à moi et renifle avec circonspection le bas de mes pantalons mouillés. Je pue la ville humide. Cela ne lui plaît pas. Il me quitte, très digne, et va se consoler en griffant avec force le pied d'un fauteuil. Si je pouvais en faire autant pour me détendre les nerfs ! Je me rappelle que Dido m'a apporté, avant-hier, une bouteille de whisky. C'est le moment ou jamais d'en boire. Roméo, accroupi, continue d'égratigner le bois du meuble, et ce petit bruit d'arrachement méticuleux, de destruction maniaque me ravit. Je siffle un verre d'alcool, sans eau, sans glaçons. Puis un autre. Un autre encore. Et je fume, profondément, à pleins poumons. Le goût du whisky, joint à celui de la cigarette, me procure une jouissance diffuse. Une distance cotonneuse s'installe entre moi et le monde. Affalé dans un fauteuil, les jambes ouvertes, les bras ballants, j'imagine qu'il pleuvra peut-être aussi à Saint-Tropez et que Dido, écœurée, rentrera à Paris plus tôt qu'elle ne l'a prévu.

VII

Toute la nuit, j'ai été en l'air, inondé de sueur, claquant des dents, la tête en feu. Au matin, je me suis senti trop faible pour me lever. Mes membres sont moulus. Je ne puis mettre trois idées bout à bout. J'avale deux cachets d'aspirine et me renfonce dans mon lit en attendant que ça passe. J'ai dû prendre froid, hier, sous la pluie. Pendant ce temps, Dido, à Saint-Tropez, ne se doute de rien. C'est mieux ainsi. Je déteste qu'on me plaigne. Le téléphone sonne impérativement. Mais cela se passe dans un autre monde. Je ne réponds pas. Roméo est venu s'étendre sur mon lit. Depuis la veille, il n'a rien mangé. Et je n'ai pas renouvelé le sable de sa caisse. Je n'ai pas la force de bouger. Ma peau flambe ; ma langue est sèche, volumineuse ; à chaque respiration, une douleur sourde traverse ma cage thoracique. Je tousse, je crache, et cet effort me déchire.

Dérangé par mes quintes, Roméo s'éloigne. Où va-t-il ? Je devrais l'appeler. Incapable de prononcer un mot, je retombe dans le royaume de la chaleur, des frissons et de la fantasmagorie. Quelle heure est-il ? Je tourne les yeux vers ma montre de chevet. Les aiguilles se chevauchent, les chiffres se brouillent. D'une main tâtonnante, je ramasse mes lunettes sur la table de nuit, les plante sur mon nez, essaie de lire. Trois heures vingt-cinq, ou cinq heures et quart, je ne sais plus. J'entends Roméo qui miaule de faim dans la cuisine. La journée s'avance à travers un chaos d'images folles. Dido, ma mère, des camarades de classe me visitent. Je n'ai pas peur parmi eux. Je m'amuse même beaucoup. On sonne à la porte. Je sais qui c'est : mon professeur de philo, M. Palaiseau. Un homme remarquable. Un bergsonien convaincu. Il faut lui ouvrir. Les autres ont traversé les murs. Lui, il ne peut pas. Bergson a dit : « La matière est dans l'espace, l'esprit est hors de l'espace ; il n'y a pas de transition possible entre eux ! » Cette phrase de *Matière et mémoire* me revient en tête inopinément. J'ai planché dessus lors de je ne sais quelle interrogation. Deuxième coup de sonnette. M. Palaiseau s'impatiente. Je sors du lit, descends l'escalier sur des jambes flageolantes, m'avance vers la porte en m'appuyant d'une main au mur, tourne la poignée avec un étrange fourmillement dans l'os de l'avant-bras. M. Palaiseau a un visage de fille. Caroline me prend la main, me regarde et s'écrie :

— Oh ! mais dis donc, tu as l'air malade !

Je balbutie entre deux quintes :

— Je dois avoir la grippe... Mais j'ai pris de l'aspirine...

— Eh bien, moi, je vais appeler le docteur !

Je proteste vaguement. Elle me bouscule, m'aide à remonter dans mon lit, se précipite sur le téléphone. Trois minutes plus tard, elle m'annonce triomphalement que le Dr Herme-lin, qui soigne toute la famille, a promis de venir en fin de journée, après ses consultations. Soudain, moi qui voulais tant rester seul, je suis heureux de l'intrusion de Caroline dans ma vie. Sa juvénile énergie me revigore. Par sa seule présence, elle me rend le goût de guérir. A travers une brume de fièvre, je l'entends, je la vois qui s'agite dans ma maison. Elle crie du fond de la salle de bains :

— Où est le thermomètre ?

— Je ne sais pas, dis-je.

Elle revient en trombe :

— C'est insensé !

Sa voix sonne clair. Elle fronce les sourcils et, pour la première fois, ressemble à Dido. Les images folles sont balayées. Les amis de mon enfance, de ma jeunesse disparaissent, avalés comme une eau savonneuse par un trou de vidange. Il n'y a plus que Caroline, Roméo et moi dans la loggia. Elle retape mes oreillers, tire mes couvertures, pose sa main fraîche sur mon front. Je perds la notion du temps. Le Dr Hermelin surgit à mon chevet, grand et sec, avec un crâne déplumé. Il m'interroge doucement et je rassemble mes forces pour lui répondre. Puis, il m'ausculte et le contact de l'air sur ma peau nue me blesse. Caroline assiste à la cérémonie avec une mine compétente et froide. Le diagnostic est net : une bonne pneumonie. Le Dr Hermelin me colle aux antibiotiques. En plus, des tas de médicaments pour me fortifier, pour soutenir mon cœur, pour décongestionner mes poumons, que sais-je ? Il griffonne une ordonnance et en explique les différents points à Caroline. Comme on ne peut pas me laisser seul dans cet état, elle décide de s'installer ici. J'essaie de l'en dissuader. Mais elle s'obstine. Il y a un divan dans le renfoncement, sous la loggia. Elle y sera très bien, dit-elle, pour dormir.

Après le départ du docteur, elle prend possession des lieux avec assurance. Terrassé par le mal, je la laisse faire, je deviens sa chose. Elle est partout à la fois, à mes côtés, dans la salle de bains, à la cuisine. Les miaulements de

Roméo deviennent désespérés. Il a le ventre creux. Il est à l'agonie. Qu'on le nourrisse ou il ameute le quartier. Caroline lui donne à manger, court à la pharmacie et reparaît avant même que j'aie pu me rendre compte de son absence. Elle a dressé une petite table à la tête de mon lit et a disposé dessus tous les médicaments, le thermomètre qu'elle vient d'acheter, l'ordonnance, une bouteille d'eau. Si j'étais moins patraque, je raillerais cette comédie médicale. Mais je ne peux que souffrir, gémir et remercier.

Ma fièvre recule, ma respiration s'améliore, et, au bout d'une semaine, j'entrevois la délivrance. Dans l'intervalle, Dido a téléphoné. Pour ne pas l'alarmer, Caroline lui a dit que j'avais simplement une mauvaise grippe. De même, elle s'est bien gardée de lui révéler qu'elle s'était installée chez moi. Selon sa version, elle passe tous les jours pour prendre de mes nouvelles et s'assurer que je suis mon traitement. Leur conversation a été très longue. Couché dans la loggia, j'ai renoncé à descendre pour prendre l'appareil. Ayant raccroché, Caroline m'a dit : « Ils ont loué un bateau avec les Marcoussi. Ils partiront demain pour une croisière autour de la Corse. Dido essaiera de te téléphoner de Calvi. Tout le monde t'embrasse. » Sans plus. J'en conclus que Dido n'est pas autrement inquiète à mon sujet. D'ailleurs, à la seconde visite, le Dr Hermelin se déclare satisfait de son malade. Heureusement — comble de confort ! — la salle de bains et les w.-c. se trouvent dans la loggia même. Cela me permet de ne dépendre de personne pour mes besoins intimes et ma toilette. S'il m'avait fallu descendre chaque fois l'escalier, dans mon délire, j'aurais fini par me rompre le cou. Je passe la main sur mon menton râpeux et, renonçant à me lever, demande à Caroline de m'apporter mon rasoir électrique.

— Pourquoi ? dit-elle. Je trouve que la barbe te va très bien !

Je n'insiste pas. Tout effort de discussion me fatigue.

— Que veux-tu pour le déjeuner ? demande-t-elle encore.

— Ça m'est égal.

Depuis qu'elle vit chez moi, elle s'est aussi improvisée cuisinière. Il est vrai que la base de nos menus est constituée par des grillades et des boîtes de conserve.

— Bifteck et haricots verts, ça te va ? questionne-t-elle.

— Très bien.

Et je songe que Caroline s'est véritablement insérée dans le tissu de mes jours. Elle a apporté une pleine valise d'affaires personnelles. Un déménagement. Présente à tout instant, elle me prive de ma solitude. Pour le moment, je lui suis reconnaissant de sa vigilance. Ne la trouverai-je pas encombrante demain ? Même la nuit, du haut de ma loggia, je la devine qui respire, au-dessous de moi, dans le noir. Au petit matin, elle va et vient, enveloppée de mon peignoir de bain, trop grand pour elle, la taille serrée à craquer par la cordelière, les manches roulées au-dessus du coude. Déjà, nous avons nos habitudes.

— Je descends préparer le repas de Roméo, dit-elle.

Roméo le comprend et dévale l'escalier sur ses talons. Plus tard, il remonte, repu, et s'allonge sur ma couverture, dans le creux de mes jambes, pour digérer en paix. Il a immédiatement adopté Caroline. Elle lui parle son langage. Contrairement à sa mère qui, malgré de louables efforts, reste extérieure au monde animal, elle est, comme moi, de plain-pied avec la gent de poils et de griffes. Tous deux, nous baignons avec gratitude dans le champ magnétique du chat. Un parfum de viande grillée m'avertit que, cette fois, Caroline s'occupe des humains. Mon appétit s'éveille. Je me sens renaître. Et c'est cette enfant qui personnifie pour moi la santé, la vie. Si je n'ai pas glissé de l'autre côté, c'est à elle que je le dois. Pas aux médicaments, à elle, à sa fougue, à son élan, à sa jeunesse. Quand j'étais au plus mal, il ne me venait pas à l'idée de fumer. Maintenant, l'envie me reprend. J'allume une cigarette. Le goût âcre m'étonne. Comme si j'avais changé de tabac. Des picotements attaquent ma gorge. Mais je persiste. A la deuxième cigarette, le plaisir revient. Je suis guéri. Caroline arrive, portant le plateau du déjeuner. Elle le dépose sur mes genoux. Deux assiettes, deux verres. Nous grignotons.

— Tu as vraiment meilleure mine, dit-elle.

— Oui, dis-je. Tu vas pouvoir me laisser.

— Je n'en ai pas du tout l'intention !

— Mais... tes parents rentrent dans quinze jours.

— On verra à ce moment-là.

Mme Toupin se présente pour passer l'aspirateur mais Caroline entend faire le ménage elle-même. Elle le dit à la concierge, qui se retire, mortifiée.

— Tu auras du mal à la récupérer ! m'annonce Caroline en resurgissant dans la loggia.

Le téléphone sonne. Et si c'était encore Dido ? Caroline déboule l'escalier et je l'entends qui parle à voix basse. Ce chuchotement pressé ne s'adresse sûrement pas à sa mère. Quand elle remonte, je lui demande :

— Qui était-ce ?

— Didier !

Ce n'est pas la première fois qu'il lui téléphone, celui-là. Sans doute l'a-t-elle sérieusement ferré.

— Il va venir me voir ici, reprend-elle.

— Quand ?

— Je lui ai dit demain, à quatre heures.

— Tu es gonflée, ma vieille !

Le lendemain, je me sens si bien que je pourrais presque me lever. Mais je garde encore le lit. Par plaisir. A quatre heures précises, Didier sonne à la porte. Caroline me l'amène triomphalement dans la loggia. Peut-être pour qu'il sache bien qu'elle n'est pas seule avec lui dans l'appartement. Une façon comme une autre de se prémunir contre des entreprises qu'elle souhaite et redoute à la fois. Je retrouve le benêt, taillé en asperge, que j'ai entrevu chez

« Lipp ». Elle se montre toute sémillante à ses côtés. Comme si elle voulait corriger par son aisance l'épaisse niaiserie de son compagnon. Tout de même, il me demande des nouvelles de ma santé. Je le rassure : bien que convalescent, je ne bougerai pas de mon lit. La maison est à eux. Ils redescendent et, immédiatement, Caroline met un disque sur l'électrophone. Une musique fracassante explose dans ma tête. Un de ces airs heurtés qui vident le cerveau des jeunes et les incitent au tressautement vertical. En s'installant, Caroline a aussi apporté tous ses disques. C'est le plus précieux de ses biens. Moi, la musique, même classique, m'ennuie. Je supporte difficilement de suivre un concert jusqu'au bout. J'aime trop les mots pour aimer les notes. La tête renversée sur l'oreiller, je me laisse secouer par le tam-tam imbécile qui enchante toute cette génération appelée à remplacer la nôtre. Pour excuser Caroline, je me dis que ce vacarme est destiné à m'empêcher d'entendre ce qui se passe là-bas, entre elle et Didier. Derrière cette couverture de bruit, j'imagine, peut-être à tort, une conversation haletante, une étreinte maladroite. Je tends l'oreille. La musique s'arrête. Je perçois distinctement un remue-ménage, des rires étouffés, des soupirs. L'affaire est bien engagée. Moi aussi, autrefois, j'ai connu cette vigueur des reins, cette soif de possession renaissante aussitôt qu'étanchée. Je devrais détester les jeunes qui ont la chance insolente d'accomplir sans effort un acte dont je suis aujourd'hui tristement avare. Et pourtant, je me réjouis de la folie qui empoigne Didier et Caroline. Je m'en réjouis et j'en souffre. Comme s'ils m'avaient volé mon ressort et ma sève. Comme si ma défaillance physique était leur faute. Comme s'ils m'insultaient en étant heureux. En vérité, je ne puis supporter l'idée de n'être qu'une moitié d'homme. La seule chose qui me console, c'est la certitude que la félicité de Didier et de Caroline est provisoire et qu'au milieu de leurs ébats ils se préparent un avenir de désillusion. Toute perspective d'échec chez autrui m'est douce. J'y vois une compensation à mon ratage personnel. Sur le point de me noyer, j'attire mon sauveteur sous l'eau. La musique reprend. Baisent-ils vraiment ? Soudain, la sonnerie du téléphone. Elle retentit à cinq reprises avant que Caroline ne décroche. Au bout d'un moment, elle m'appelle :

— C'est Dido. Elle téléphone de Calvi. Est-ce que tu peux lui parler ?

Je me lève, enfile ma robe de chambre et descends l'escalier d'un pas flottant. Le récepteur collé à l'oreille, j'entends la voix de Dido qui m'interroge, cependant que là-bas, debout près du divan, Caroline et Didier, ébouriffés, les yeux brillants, se rajustent. Oui, incontestablement, ils ont fait l'amour, tout habillés, à la sauvette. Je crois humer dans l'air le parfum de leurs jeunes corps échauffés. Posément, je tranquillise Dido. Oui, je me porte mieux. Caroline vient me voir souvent. Sans elle, le docteur m'aurait expédié à l'hôpital.

— Et vous ? Ces vacances ? dis-je.

— Très agréables ! Nous avons eu une traversée de rêve... Une mer d'huile...

Nous parlons encore un peu, moins pour échanger des informations que par une sorte d'habitude vocale. Jamais je ne l'ai sentie plus loin de moi. Quand je raccroche, Caroline me demande :

— Est-ce que Didier peut revenir demain ?

— Bien sûr, dis-je.

Et je remonte me coucher.

Il est de nouveau là. Cette fois, j'ai quitté mon lit. Mais je reste dans la loggia, assis dans un fauteuil, avec Roméo sur mes genoux. J'ai, à portée de la main, le manuscrit de l'alpiniste. Cependant, je suis encore trop faible pour y travailler. Je relis Chamfort. Une pensée de lui me frappe : « Vivre est une maladie dont le sommeil nous soulage toutes les seize heures. C'est un palliatif. La mort est le remède. » Quelle force dans cette affirmation ! Pourquoi connaît-on si peu Chamfort en France ? Son cynisme, son amertume sont revigorants. Je fume. Je m'ennuie. Si j'ai à descendre, je commence par remuer les pieds rudement sur le plancher pour avertir le couple. En passant devant eux, j'observe à la dérobée le désordre de leurs vêtements. Muets, gênés, ils doivent me maudire d'avoir interrompu leurs ébats. Je m'amuse de leur impatience. Furetant à droite, à gauche, je prends mon temps avant de remonter sur mon perchoir. Le soir, après le départ de Didier, je demande à Caroline :

— Tout va bien ?

Elle hausse les épaules, rougit et murmure :

— Mais oui, quoi !...

— Tu pourrais rentrer chez toi pour t'envoyer en l'air, puisque tes parents ne sont pas là !

— Je ne veux pas te quitter tant que tu n'es pas guéri.

— Mais je suis guéri ! Enfin presque. Je me débrouillerai très bien tout seul.

— Ça te gêne que je reçoive Didier ici ?

— Pas du tout.

— Alors, continuons comme ça...

Drôle de gamine ! On dirait que ma présence invisible, au-dessus d'elle, pendant qu'elle fait l'amour, la rassure. Patronnée par moi, son aventure prend un caractère raisonnable, légitime. A moins que, tout au contraire, elle ne soit émoustillée par la pensée de ce témoin secret et indulgent dressé derrière elle, dans l'ombre. Candeur et perversité font bon ménage dans le cœur des filles.

Nous dînons tête à tête, sur une petite table basse. Caroline dévore : l'amour lui a ouvert l'appétit. Elle a sur le visage une expression nouvelle, où je vois de l'élan, du défi et une certaine sottise satisfaite. Elle a arraché son Didier à Sophie, cette fillasse avec qui il déjeunait chez « Lipp ». Elle n'en demande pas plus. Du moins pour l'instant. Moi-même, ce fumet de volupté juvénile dans la maison me divertit et je mange avec plus d'entrain que naguère. Pas de questions directes entre nous. Je suis un voyeur discret. Tout à coup, je me surprends à compter avec dépit les quelques jours qui me séparent du retour de Dido. Faudra-t-il vraiment, alors, me séparer de Caroline ? Ce sera, pour moi aussi, la fin des vacances.

VIII

Antoine est rentré à Paris. Seul, à l'improviste. Il a pris l'avion à Ajaccio, alors que Dido
et Patrick continuaient leur croisière avec les
Marcoussi. A peine a-t-elle été avertie de l'arrivée de son père que Caroline est retournée chez
elle, comme si de rien n'était. Mais, aupara-
vant, elle m'a demandé de lui prêter mon
appartement, de temps à autre, pour recevoir
Didier. Nous avons fixé un horaire. Chaque
jour, de quatre à six. A quatre heures moins
cinq, je m'éclipse en laissant la clef sous le
paillasson. J'emporte dans ma serviette le
manuscrit de *Mon piolet et moi*, du papier et un
stylo à bille. Attablé dans un bistrot, à l'angle
de la rue Bonaparte et du quai Malaquais, je
corrige quelques pages, puis, de guerre lasse,
je tente d'écrire pour mon propre plaisir. Je
songe à un grand essai sur le déclin de la
littérature d'imagination. Mais tout ce que je

trouve à dire est d'une banalité affligeante. Je cherche des formules à l'emporte-pièce et ma main aligne sur le papier des mots si pâles qu'aussitôt je les rature. Il n'y a plus, dans ma tête, qu'une boule de coton. Comment une étincelle jaillirait-elle de ce magma ? Je me demande si cette déficience dans l'expression ne correspond pas à une déficience dans ma chair. Je pense à Caroline et à Didier qui, en ce moment, forniquent gaillardement dans mes meubles. N'est-il pas injuste que la force virile soit dévolue à ce petit imbécile, alors qu'elle m'est aujourd'hui si chichement mesurée ? Leurs visages enflammés dansent devant mes yeux. Ils me donnent soif. Je bois deux demis de bière coup sur coup. Et surtout, je fume. Un peu plus tard, je me rends aux « Deux Magots », où je retrouve mes lascars, Bricoud et Fougerousse. Nous renouons le fil de nos discussions habituelles. J'éreinte et ils protestent. Rien n'est plus exaltant que de piétiner ainsi les plates-bandes dans les jardins de la culture. Je crois que j'aimerais moins la littérature s'il n'y avait pas tant de mauvais auteurs. Ils donnent leur prix aux très grands.

A six heures cinq, je lève la séance et rentre chez moi. La clef a été remise sous le paillasson. En franchissant le seuil, j'ai l'impression fugace d'être un intrus dans ma propre tanière.

Chaque chose est à sa place et cependant ce lieu est encore habité par ceux qui l'ont quitté quelques instants plus tôt. J'ouvre la fenêtre pour aérer la pièce qui sent l'amour des autres. Couché dans son fauteuil, Roméo me considère d'un œil rond. Il ne vient pas à moi. Je lui trouve un air de juge engoncé dans ses fourrures. Lui, il a tout vu. Mais il vit dans un autre monde. La gymnastique amoureuse des humains ne le trouble pas. Il est asexué, superbe et serein.

Je prépare notre dîner, à lui et à moi : viande hachée dans son assiette, tranches de jambon dans la mienne. A présent, il exige de prendre ses repas non plus par terre mais sur la table. C'est Caroline qui lui a donné cette habitude. Nous mangeons donc face à face. Pendant que je mastique, il happe les menus morceaux avec un féroce retroussement de babines. C'est un personnage d'indépendance, de souveraineté et de volupté pures. Ayant fini avant moi, il se pourlèche, tire avec ses dents sur ses griffes par légères secousses pour les curer, se nettoie le museau, les moustaches avec sa patte recourbée en tapon et me considère fixement, longuement, perdu dans un rêve de félin, hors du temps, hors de l'espace.

Plus tard, il se retire mystérieusement dans la salle de bains. Je sais que, là, il fait ses besoins, accroupi dans la caisse, le dos plat, les flancs frémissants, l'œil concentré. Au bout d'un instant, je l'entends qui remue le sable à petits coups de patte. Après ce méticuleux travail de terrassement, il gratte encore les parois du récipient d'un geste automatique et parfaitement inutile. Puis il revient avec dignité. Il ne me reste plus qu'à jeter dans les cabinets sa litière souillée et à manœuvrer la chasse d'eau. A lui l'apparat, à moi les basses besognes.

Depuis quelques jours, un souci me hante : je suis de nouveau à court d'argent. Même la bourse du pirate est à plat. J'en ai retiré les dernières pièces pour acheter une cartouche de cigarettes. Je décide donc de prendre le conseil d'Antoine sur les valeurs à vendre pour me renflouer. Je lui téléphone à son cabinet. Il me fixe rendez-vous pour le lendemain, à quatre heures et quart.

Le cabinet d'Antoine se trouve avenue Montaigne, dans un immeuble moderne, avec un gardien à l'entrée. Ils sont quatre avocats à se partager, dans ces locaux fastueux, une clientèle internationale de haut vol. Ce n'est pas la première fois que je lui rends visite sur les lieux de son travail. Boiseries blondes, bibliothèque grillagée où dorment des volumes reliés, que leur propriétaire n'ouvre jamais, table longue et étroite comme un établi de luxe, avec trois téléphones, un magnétophone, une planchette hérissée de boutons. Et, entre deux piles de dossiers, mon Antoine, hâlé, moustachu, blond, souriant, avec son inévitable cravate bleue et son regard de myosotis.

— Il paraît que tu as eu la grippe, me dit-il d'emblée.

Je passe rapidement sur mes déboires de santé et expose le but de ma visite. Dès les premiers mots, il me coupe la parole : ce n'est pas le moment de vendre. Je dois m'estimer heureux d'avoir des valeurs sûres en portefeuille. Si j'avais quatre sous devant moi, il me conseillerait même de « consolider mes positions ». Je crois entendre Dido parlant de mes difficultés financières. Se sont-ils concertés à mon insu ? C'est bien possible. En tout cas, je me retrouve au même point. Spontanément, Antoine met la main à son chéquier. Je commence par refuser. Mais il insiste :

— Entre nous, ça n'a pas d'importance ! Tu me le rendras quand tu pourras !

— J'attends un versement des éditions de l'Aube, le mois prochain, dis-je.

— Eh bien, tu vois... Combien te faut-il ?

Pris au dépourvu, je dis un chiffre qui me semble raisonnable. Il me fait un chèque pour le double.

— Ça te permettra de souffler un peu, dit-il.

Après la femme, le mari. Je le remercie. En vérité, ce n'est pas de la gratitude que j'éprouve à son égard, mais un ressentiment qui tient à l'aisance avec laquelle il m'a rendu service. Sa générosité me blesse dans mon orgueil. Je le soupçonne de jouir de mon abaissement. Je voudrais déchirer son chèque et lui en jeter les morceaux à la figure. Au lieu de quoi, je plie soigneusement le rectangle de papier et le glisse dans ma poche. Nous parlons de ses vacances avec Dido et Patrick, des Marcoussi, de la croisière en Corse.

— C'est une aubaine, ce bateau que nous avons pu louer au dernier moment, dit-il. Vingt-trois mètres, des moteurs très puissants... J'ai fait quelques photos amusantes. Dès le retour de Dido, tu viendras à la maison et nous te montrerons ça !

Je déteste les photographies. Elles immobilisent le passé. Elles stérilisent la mémoire. Elles tuent les visages et les transforment en papillons épinglés. Antoine, lui, ne voyage qu'avec un appareil photographique sur le ventre. Naguère, nous le plaisantions avec Dido sur cette manie du déclic. En rit-elle encore aujourd'hui ? Tout à coup, j'avise sur le bureau une photographie de Dido dans un cadre de métal. Je ne l'avais pas vue en entrant. Etait-elle là lors de ma précédente visite, qui remonte à près de six mois ? Je ne saurais le dire et ce détail me torture.

Le téléphone sonne. Antoine décroche et discute, courtois, concis, précis, avec un interlocuteur invisible. Je ne comprends rien à leur charabia juridique et contemple cette chose pour moi extraordinaire : un homme occupé et convaincu de son importance. Manifestement, Antoine est ravi de m'avoir pour spectateur. Il est gonflé de vent. Il pérore. Comme à la télévision. A peine a-t-il raccroché qu'on l'appelle sur une autre ligne. Puis, c'est sa secrétaire qui lui apporte des lettres à signer. Il affecte un air excédé et paraphe, page après page. Quelle misérable comédie ! Je ne conçois pas qu'un être intelligent puisse se prendre au sérieux. Moi, je n'ai jamais su. Même quand j'étais rédacteur en chef de *L'Echo de la France*, j'avais l'impression de parader : ce tourbillon de secrétaires, ces coups de téléphone interminables, ces conférences gravissimes avec les collaborateurs, ces discussions de dernière heure à l'imprimerie, devant les morasses... Mon ironie, toujours en éveil, m'empêche de gober les autres et de me gober moi-même. Je ne crois plus en rien, ni en personne. Je crèverai sans savoir ce que je suis venu faire en ce monde.

Ayant fini de signer son courrier, Antoine revient à moi avec un visage reposé et m'interroge sur Caroline. Il le fait plus par habitude que par curiosité sincère. L'ai-je vue souvent ? Comment l'ai-je trouvée ? Je ne sais pas dire du bien des gens que j'aime. C'est en me forçant que je loue le dévouement et l'efficacité de celle qui fut mon infirmière. Bien entendu, je me garde de révéler à Antoine qu'en ce moment même elle doit être chez moi, en train de se faire sauter par Didier. Il se doute de quelque intrigue car, soudain, il marmonne :

— Je ne sais pas où elle en est de ses études, mais, en tout cas, elle est souvent pendue au téléphone. Je crois qu'il y a un certain Didier qui lui court après. Tu le connais ?

— Oui.

— Alors ?

— Sans importance.

Il n'en demande pas plus. Je m'étonne de sa crédulité. Au fait, est-ce de la crédulité ? Plus exactement, il s'en fout. Dido aussi, d'ailleurs. Caroline n'a pas de parents. Cette idée me frappe comme une révélation. Encore le téléphone. Cette fois, c'est Dido. Antoine paraît tout heureux de l'entendre. Ils forment un ménage à la fois séparé et uni, un exemple parfait de célibat conjugal. D'après les bribes de leur conversation, je comprends que Dido se trouve de nouveau à Saint-Tropez et qu'elle rentrera demain, avec Patrick, à Paris.

— Devine qui est auprès de moi, lui dit Antoine. Jacques ! Je te le passe.

Je prends l'appareil.

— J'ai essayé de te téléphoner trois fois, cet après-midi, dit-elle. Ça ne répondait pas. Tu vas bien ?

— Oui.

— Je te rappellerai ce soir.

A cause de la présence d'Antoine, nous n'avons plus rien à nous dire. Il reprend l'appareil que je lui tends par-dessus la table et enchaîne le dialogue. La secrétaire annonce un autre visiteur. Sans lâcher le récepteur, Antoine dit superbement :

— Priez-le d'attendre.

Ayant raccroché, il m'accorde encore quelques minutes d'entretien. Je mesure la faveur qui m'est consentie par le maître des lieux.

— C'est bête, dit-il, si j'avais su plus tôt que tu venais, je me serais libéré, ce soir. Nous aurions dîné ensemble, en garçons ! Nous n'avons pas tellement l'occasion de nous voir seul à seul. J'aime bien bavarder avec toi !

Je l'assure que, pour moi, il en va de même. Ce disant, je ne mens qu'à moitié. S'il n'y avait pas Dido entre nous, peut-être éprouverais-je pour lui une vraie sympathie ?

Il est plus de six heures et demie quand je me retrouve devant ma porte. La clef n'est pas sous le paillasson. A travers le battant, me parviennent de violentes bouffées de musique. Je sonne à trois reprises avec insistance. Caroline m'ouvre. Elle est seule. Son visage rayonne comme au sortir d'un bain chaud.

— Didier est déjà parti? dis-je machinalement.

— Il n'est pas venu, répond-elle d'un ton pointu. J'en ai profité pour ranger.

Elle cache son dépit sous un air d'activité fébrile. Jamais ma maison n'a été aussi propre. Tous les recoins sont léchés. Un ménage de chatte en colère. La musique me broie les oreilles.

— Arrête ce truc, dis-je.

Et, dans le silence revenu, j'ajoute :

— J'ai vu Antoine. Dido rentre demain.

— Je m'y attendais, dit Caroline. Le téléphone a sonné trois fois cet après-midi. Je n'ai pas répondu. Ce devait être elle !

— Probablement. Alors, ma petite, à partir de demain, fini, je ne peux plus te prêter mon appartement.

Elle me toise avec bravade et demande :

— Pourquoi ?

Sans doute croit-elle m'embarrasser par cette question. Je lui réponds du tac au tac :

126

— Parce que j'en aurai besoin pour recevoir Dido.

Elle ne bronche pas sous le choc. Je ne lui apprends rien. Mais certaines vérités, tacitement acceptées, blessent dès qu'elles sont exprimées en termes nets.

— C'est vrai, j'avais oublié, dit-elle froidement.

— Comment vas-tu t'arranger ?

Elle secoue la tête. Ses cheveux de femme volent autour de son visage d'enfant :

— Je me débrouillerai.

— Que fais-tu, ce soir ?

— Rien... Je rentre à la maison.

— Antoine ne sera pas là. Veux-tu que nous dînions ensemble au restaurant ? J'ai envie d'huîtres. Pas toi ?

Elle s'esclaffe :

— Chiche !

Puis, considérant la bourse du pirate qui pend, flasque, à son clou, elle demande :

— Tu as de l'argent ?

Question pertinente. Je n'ai que vingt francs en poche, mais demain je verserai le chèque d'Antoine à ma banque.

— Ne t'inquiète pas de ça, dis-je. Je paierai par chèque.

Je l'emmène par le métro jusqu'à un restaurant fameux pour ses fruits de mer. Nous nous

tapons trois douzaines de « grosses spéciales »,
avec une bouteille de muscadet. Les coquil-
lages sont étalés, ouverts, sur un large plateau
de glace pilée et d'algues sombres. Leur seule
vue fait entrer la mer dans ma bouche. Caroline
gobe cette chair glissante et salée avec une
gourmandise qui m'émeut.

— C'est ma façon à moi de faire une croisière, me dit-elle.

Et elle ajoute plus bas :

— Merci pour ces belles vacances, Jacques.

Sont-ce les lumières du restaurant qui
l'avantagent ? Je ne m'étais pas encore aperçu
qu'elle était si jolie. Nous restons tard à notre
table, dans une atmosphère de bombance et de
liberté. Le brouhaha de la salle nous isole. Nous
ne parlons ni de Dido, ni d'Antoine, ni de
Didier. Caroline n'a pas d'amant. Elle est seule
dans la vie. Nous avons le même âge. Le
serveur apporte l'addition. Elle est lourde. J'en
suis bizarrement ravi. En signant mon chèque,
je me dis que je ressemble à Antoine. Et cela me
donne une irrépressible envie de rire.

IX

A peine arrivée à Paris, Dido s'est précipitée chez moi. Elle se jette dans mes bras. Sa tête retrouve sa place sur mon épaule. Longtemps nous restons ainsi, enlacés, muets, respirant l'un contre l'autre. Puis, j'entends : « Jacques, mon amour, je n'ai même pas pris le temps de défaire mes valises ! J'avais tellement hâte de te retrouver ! » Mon bonheur de la revoir est tel que, sur le moment, je la crois. Enfin, elle se détache de moi et je la contemple à distance. Elle est toute tendresse et toute gaieté, le visage hâlé, l'œil clair, le geste prompt. Plus jeune, me semble-t-il, qu'avant cette interminable absence. Elle veut tout savoir de ma maladie. Suis-je vraiment rétabli ? Ai-je revu le Dr Hermelin ? Caroline a-t-elle su m'entourer sans trop m'encombrer de sa présence ? Je la rassure, ému plus que je ne le voudrais par cette tardive sollicitude. Elle regrette de n'avoir pas téléphoné plus souvent. Mais, dit-elle, ce n'est pas toujours facile. Je l'interroge sur ses vacances. Elle m'en parle avec une feinte désinvolture, insistant sur les qualités techniques du bateau, le confort des cabines, la joie enfantine de Patrick à aider les marins aux manœuvres. Il doit regagner sa pension ce soir même et il en est tout triste. Je devine qu'elle me cache son propre regret d'être rentrée. C'est pour ne pas me peiner qu'elle s'interdit de s'extasier sur la réussite de ces trois semaines passées loin de moi. Toujours cette charité qui me blesse au lieu de m'attendrir. Plus elle met de délicatesse à soigner ma plaie, plus elle me fait mal. Certains ménagements sont pires qu'une franche torture.

— A Saint-Tropez, il y avait vraiment trop de monde, dit-elle. La cohue partout. Et la croisière a été plutôt décevante.

Je l'écoute, assis en face d'elle, attentif au mouvement de ses lèvres. Il me semble qu'elle a changé depuis notre séparation. Les autres ont déteint sur elle. C'est imperceptible, mais je ne puis m'y tromper. Dans tout son discours, pas un mot sur Antoine. J'en conclus qu'il compte de plus en plus dans sa vie. Ils ont sûrement couché ensemble sur le bateau. Je les imagine serrés l'un contre l'autre dans leur cabine, selon elle si confortable. La pénombre, le clapo-

130

tis des vagues. Cette idée m'écœure et m'excite. Je partage depuis si longtemps Dido avec Antoine que je devrais y être habitué. Mais, autrefois, j'étais le plus fort. Aujourd'hui, il gagne sur moi. Naguère Dido et lui s'ennuyaient en tête à tête. Ils avaient besoin de ma présence auprès d'eux pour retrouver le goût de vivre. J'étais l'amuseur sans qui les vacances n'étaient jamais réussies. Maintenant, ils se passent de moi. Peut-être même que je les gêne. Le trio est devenu duo. Sans que rien n'ait été dit entre nous à ce sujet. Et il ne me vient même pas à l'esprit de soulever cette question devant elle. Je connais d'avance sa réponse : « C'est absurde ! Rien n'est changé ! » Pauvre réplique. Mais je dois m'en contenter. La reconquérir ? C'est encore possible. Je lui prends les mains, je la scrute, les yeux dans les yeux. Elle me rend mon regard avec amour. Puis, elle s'écrie :

— Il faut que je file, Jacques !

— Déjà ?

— Je dois conduire Patrick à son car qui part de la porte Dauphine à sept heures. Et il est déjà six heures cinq. C'est fou !

Elle bondit sur ses pieds, me jette un baiser rapide : « A demain ! » et disparaît. Abasourdi, je me demande si elle est vraiment revenue, si je n'ai pas rêvé cette rencontre.

131

*
**

C'est une jeune furie qui passe devant moi sans même me dire bonjour et, s'arrêtant au milieu de la pièce, m'annonce, l'œil fulgurant :

— Je viens de me disputer avec Dido.

— A quel sujet ? dis-je.

— A tous les sujets ! répond Caroline. Didier... Ma vie... Mes études... Je ne sais pas ce qu'elle a... Elle ne peut plus me supporter... Moi non plus, d'ailleurs, je ne peux plus la supporter !...

J'essaie de la calmer en lui représentant qu'il s'agit là, sans doute, d'une prise de bec sans conséquence. Elle me cloue d'un ton bref :

— Non, Jacques, cette fois, c'est plus grave ! Il suffit que maman s'approche de moi pour que je me hérisse ! Elle me pompe l'air avec ses sermons ! J'ai ma vie bien à moi ! Je ne veux pas qu'elle y touche ! Ni elle ni personne ! Je suis partie en claquant la porte ! Je ne rentrerai plus à la maison !

— Et que vas-tu faire ?

— Je ne sais pas... M'installer n'importe où... Ici, peut-être...

— Je t'ai déjà dit que c'était impossible !

— Mais Dido ne le saura pas... Rien que pour

132

quelques nuits... Le temps que je trouve autre chose...

— Non, Caroline.

Elle me regarde avec désespoir. Je suis son unique recours. Qui d'autre au monde a besoin de moi ? Et pourtant, je dois rester sur la défensive. Ma tranquillité personnelle avant tout. Le téléphone sonne. C'est Dido :

— Caroline est chez toi ?

— Oui.

— J'en étais sûre. Dis-lui de m'attendre. J'arrive.

Caroline a pris l'écouteur. Quand je raccroche, elle fait un mouvement vers la porte. Je l'arrête par la main :

— Où vas-tu ?

— Je ne veux pas la voir !

— Tu resteras ici, Caroline, dis-je fermement. Et nous allons parler tous les trois.

Quelle solution leur proposerai-je ? Je n'en sais rien encore. Mais ce rôle de médiateur m'amuse. J'aime garder la tête froide, tandis que tout s'agite autour de moi. Les querelles des autres me procurent même une paix profonde. C'est le sentiment égoïste et casanier du gardien de phare, bien à l'abri au milieu de la tempête. Caroline se laisse raisonner. Sa révolte est celle d'une gamine. Vite enflammée, vite éteinte. Combien de fois l'ai-je reçue ainsi, furieuse et larmoyante, dans mes bras, lorsque, tout enfant, elle venait de se faire gronder par sa mère ? Je me rappelle un après-midi parmi tant d'autres dans la maison de campagne, près de Senlis, le goûter de Caroline et du bébé Patrick servi à l'ombre des arbres, une balançoire qui grince, le bruit sage du râteau sur le gravier de l'allée, Antoine m'appelant pour jouer aux boules, toute la famille réunie, et moi au centre. Pourquoi ce souvenir lumineux me frappe-t-il soudain ? Je le chasse avec force de ma mémoire. Caroline s'est assise d'une fesse sur un coin de ma table et, boudeuse, feuillette machinalement les pages de mon essai sur le déclin de la littérature d'imagination.

— Laisse ça ! dis-je. Ce n'est pas au point.

— Mais si, dit-elle. Ça m'intéresse beaucoup.

Elle continue à lire en simulant une attention accrue. Mais je la sens très loin de moi. Avec Dido, avec Didier, avec ses problèmes de fillette imparfaitement émancipée. Je ne la dérange plus. En entendant la clef dans la serrure, elle se redresse. Dido surgit devant nous avec un visage de glace. Et, aussitôt, c'est l'affrontement.

— Que fais-tu ici ? s'écrie Dido.

— Ce qui me plaît ! répond Caroline en levant le nez.

— Tu as quitté la maison sur des paroles

inadmissibles ! Je veux bien n'en rien dire à ton père, mais...

— Mon père, il se fout bien de ce qui peut m'arriver ! Et toi aussi, d'ailleurs ! Alors, pourquoi viens-tu m'embêter avec Didier ? Oui, je couche avec lui. Ici, à la maison, partout où je peux ! Et puis après ?... C'est mon droit, je pense !... Tu ne te gênes pas, toi, pour coucher avec Jacques ! Tu le fais même avec la bénédiction de papa !...

Elle est déchaînée, aveuglée, ivre de justice. D'accusatrice, Dido se retrouve soudain accusée, et ce retournement la bouleverse. Le souffle entrecoupé, elle murmure :

— Tu passes la mesure, Caroline. Je ne te permets pas de juger tes parents !

— Mes parents ? Je n'ai pas de parents ! Vous allez chacun de votre côté ! Laissez-moi aller du mien !

Placé entre elles deux, je compte les coups sans intervenir. Cette empoignade ne me concerne pas. Je suis au spectacle. Subitement, j'entends Caroline qui déclare :

— Il n'y a que Jacques qui me comprenne !

— Parce qu'il te passe tous tes caprices ! siffle Dido.

— Non, parce qu'il est mon père !

Je tressaille, comme si j'avais reçu un direct à la mâchoire. La respiration suspendue, je regarde Dido. Elle a vite repris son assurance et s'exclame :

— Ce que tu dis là est monstrueux ! Qui t'a mis cette stupidité dans la tête ?

— Personne ! J'ai réfléchi !

— Et tu as trouvé ça, pauvre idiote ! D'ailleurs, tu ne le crois pas vraiment ! Tu le dis pour me blesser... Enfin, Jacques, parle-lui...

Interpellé, je me ressaisis à mon tour et affirme :

— Je ne suis pas ton père, Caroline.

— Evidemment ! gémit Caroline. Ça t'arrange de nier. Mais moi, je le sais, je le sens...

Elle fond en larmes et se jette dans mes bras. Je baise ses cheveux chauds qui sentent le foin.

— C'est ça, console-la ! balbutie Dido avec un vif regard de reproche à mon intention.

Elle-même est à bout de nerfs. La lèvre inférieure tremblante, le regard mouillé, elle domine difficilement sa souffrance de femme et de mère outragées. Pourtant, ce n'est pas elle que j'ai envie de plaindre. Je dis encore :

— Je ne suis pas ton père, Caroline. Je te le jure...

Ces mots, je les prononce plus par opportunisme que par conviction intime. Malgré les affirmations cent fois répétées de Dido, je ne puis être sûr de rien. Mais toute ma chair rejette l'idée d'une quelconque paternité. Je

136

veux être seul au monde. Sans descendance d'aucune sorte. Dans le meilleur des cas, les liens du sang ne sont que des chaînes. Ma liberté est au prix de ce refus. Caroline se serre contre moi convulsivement, puis s'écarte d'un pas, essuie ses yeux du revers de la main comme lorsqu'elle était enfant, et profère entre ses dents :

— Ça ne change rien, ce que tu dis là !

— Si ! Ça remet les choses en place. Une fois pour toutes. Maintenant, écoute-moi bien, Dido : Caroline sera majeure dans quelques mois. Tu as les moyens de lui louer un petit truc en ville, pas trop loin de chez toi. Qu'elle s'y installe donc à son idée !

— Antoine n'acceptera jamais !

— Antoine fera ce que tu lui diras de faire.

— Dans deux ou trois ans, peut-être. Mais là...

Je suis toujours surpris par ces bouffées de respectabilité bourgeoise qui, de temps à autre, brouillent le jugement de Dido. Elle est à la fois large d'idées dans la conduite de son ménage et soucieuse de conventions qu'elle transgresse par ailleurs. Ce mélange de licence et de refrènement n'est pas, à mes yeux, le moindre de ses charmes.

— A notre époque, dix-huit ans, pour une

fille, c'est le moment de se jeter à l'eau, dis-je encore. Que crains-tu ?

Interrogée à brûle-pourpoint, Dido paraît ébranlée. Mon pouvoir sur ces deux femmes me grise. Je m'excite à l'idée d'infléchir un jeune destin, moi qui ai tout raté dans ma vie. Peut-être, de surcroît, suis-je en train de faire une bonne action ? Cette considération me semble, du reste, accessoire. L'important, c'est de peser sur les âmes. En bien ou en mal, peu importe.

— Je t'en supplie, Dido, murmure Caroline. Ecoute ce que dit Jacques. Si nous pouvons nous arranger comme ça, je suis sûre que tout ira bien pour moi, pour vous... Je viendrai vous voir tous les jours...

Cette fois, c'est au tour de Dido d'avoir les larmes aux yeux. Elle ouvre les bras. Caroline s'y jette. Mère et fille s'étreignent dans un chuchotement confus :

— Ma Caroline, tu m'as fait si mal depuis mon retour !

— Pardon, maman, je n'en pouvais plus !

J'ai sous les yeux un tableau de Greuze. Englué de sucre, je sens un rire intérieur qui me secoue les tripes. Et elles me croient ému !

Dido se détache de sa fille et me regarde avec intensité. Caroline m'embrasse. Je suis le divin raccommodeur. Et je me surprends à être heureux d'avoir réussi. Pourtant, qu'est-ce que j'y gagne ? De la reconnaissance. Autant dire rien.

Pendant toute cette discussion, nous sommes restés debout. Le combat étant arrivé à son terme, Dido et Caroline s'asseyent côte à côte sur le divan, dans le renfoncement. J'allume une cigarette, en tire quelques bouffées profondes, apaisantes, et vais chercher le whisky, de l'eau Perrier, des glaçons, des verres. Quand je reviens, elles se tiennent toujours serrées l'une contre l'autre, la main dans la main.

— Dès ce soir, je parlerai à ton père, promet Dido.

Elle insiste sur le mot « père ». D'habitude, elle l'appelle plutôt « Antoine » devant les enfants. J'ai envie d'applaudir. Chacun a bien tenu son rôle. Le rideau peut tomber. Roméo, la queue dressée en panache, les pattes enfoncées dans ses moufles à rayures, daigne s'approcher de nous et accepter une caresse de Caroline. Il ronronne. Nous aussi.

X

En revoyant Dido, le jour suivant, je suis frappé par le changement qui s'est opéré en elle. Pas trace d'émotion sur son visage. L'incident Caroline est définitivement clos. Antoine a approuvé la solution que j'ai suggérée. Une agence immobilière, alertée dès ce matin, s'occupe de découvrir le studio idéal dans le XVIe arrondissement. Dégagée de ce souci, Dido rayonne. Comme il fait chaud dans la pièce, elle retire la veste de son tailleur et apparaît, le buste pris dans une blouse ivoire. Celle-là même que nous avons achetée ensemble avant son départ pour Saint-Tropez. Assis à côté d'elle sur le divan, je feins de l'écouter tandis qu'elle me parle de Patrick et de Caroline. En réalité, je ne l'entends même pas : je la contemple, je la respire. Il y a des mois que je ne l'ai autant désirée. Je n'ai qu'une envie : la déshabiller et la prendre. Emue, elle s'abandonne dans mes bras. Puis, elle m'échappe et, sans un mot, grimpe lestement dans la loggia. Je la rejoins peu après. Elle est déjà nue dans le lit. Appuyée sur les oreillers, elle se voile à demi les seins avec le drap. Je me déshabille à mon tour, je me penche sur elle, je découvre son corps, je m'emplis les yeux de cette chair bronzée, offerte dans la pénombre. Mais, tandis que ma bouche cherche sa bouche, tandis que mes mains courent sur sa peau, je la devine lointaine et, pour ainsi dire, appliquée. Elle cède à mes caresses par complaisance. Incapable de partager mon exigence, elle l'accepte dans la douceur et l'habitude. Elle creuse les reins, elle soupire, et tout cela est faux. J'en ai la certitude et mon ardeur instantanément se fige. J'imagine qu'en cette minute même elle me compare à Antoine. Ce parallèle ne peut être qu'à mon désavantage. Antoine me l'a volée. Sans doute même a-t-il rompu avec Paméla pour mieux reprendre Dido. Le ménage s'est reconstitué à mon insu. Après s'être trompés pendant vingt-deux ans, ils filent de nouveau le parfait amour. Et moi, je n'ai plus que mes souvenirs pour m'aider à vivre. Je regrette nos élans, nos disputes, je regrette notre cuisine sensuelle d'autrefois, je regrette ma jeunesse enfuie devant sa jeunesse persistante. Glacé, humilié, émasculé, je m'écarte d'elle. Il n'y a plus en moi qu'un poids de chair inerte, une morne démission dont je la rends aussitôt responsable. Elle m'observe avec tristesse en ramenant le drap sur elle. Soudain, je crie :

— Ça te dégoûte de faire, une fois par hasard, l'amour avec moi ?

Elle sursaute et son regard se colore d'une bonté inquiète :

— Mais non, Jacques. Pourquoi dis-tu ça ?

— Parce que je ne suis pas dupe ! Depuis quelque temps, tu me joues la comédie ! Je n'ai pas besoin de ta pitié ! Je préfère les situations claires ! Tu t'es recollée avec Antoine, je le sais, je le sens ! Eh bien, reste avec lui !

— Tu es complètement fou, Jacques !

— Je n'ai jamais été plus lucide !

— A cause d'une banale défaillance...

— Oui, figure-toi ! A cause d'une banale défaillance ! C'est toute ma vie qui est une banale défaillance !

— Je t'aime, Jacques ! Je ne peux pas me passer de toi !

— Qu'est-ce que tu aimes en moi ? Je ne suis même plus capable de te faire jouir !

Sans attendre sa réponse, je saisis ma robe de chambre et dévale l'escalier. Arrivé en bas, j'enfile les manches, noue la ceinture, allume une cigarette et me plante devant la fenêtre. Le regard perdu dans la cour grise et morte, je m'efforce au calme. N'ai-je pas été trop brutal dans ma réaction ? Non, il le fallait. Maintenant j'en suis sûr : ma bouche lui répugne. Tout en moi est usé, flétri, pourri. Ma peau, mes muscles, mon sexe. Comment a-t-elle pu se contenter d'un tel débris pour amant ? Il est temps que cela cesse. Je l'imagine en larmes, là-haut, dans la salle de bains. Elle se rhabille. Chaque minute qui passe approfondit ma torture. J'éteins ma cigarette à demi consumée. En entendant craquer les marches, je me retourne. Elle descend, légère, svelte et nette, avec sa jupe et sa blouse qui ne sont même pas froissées. Elle vient à moi. Elle couche sa tête sur ma poitrine dans une pose qui lui est familière. Ce tendre blottissement réveille en moi un souvenir qui m'étourdit et me charme. Sur le point de céder, je la repousse :

— Non, Dido !

Elle est bouleversée, les yeux noyés, la bouche faible. Jamais elle ne m'a paru plus belle.

— Je t'en prie, Jacques ! gémit-elle. Comprends-moi... J'ai besoin de toi !

— Pour te parler littérature ?

— Pour respirer ! Tu es toute ma vie !

Son cri m'atteint en pleine poitrine. Je suis fier de pouvoir encore la faire souffrir. De ce côté-là, du moins, je ne suis pas tout à fait impuissant. Croyant m'avoir ébranlé, elle insiste :

— Jacques, Jacques, cette discussion est absurde !... Tu es à bout... Enfin, pourquoi ?...

Soudain, je ne supporte plus son affection indulgente. Sa beauté me rappelle mon échec. Tous mes échecs. Il me semble que, si elle mourait, je serais plus heureux. N'étant plus là pour gâcher le souvenir que j'ai gardé d'elle, elle me restituerait enfin sa vraie présence. Brisé, je murmure :

— Va-t'en, Dido. Va-t'en. Je t'en supplie...

Cette fois, elle a compris. Le visage défait, elle ramasse la veste de son tailleur. Je l'aide à enfiler les manches, l'une après l'autre. Ce simple geste, je ne sais pourquoi, m'émeut aux larmes. Debout près d'elle, je subis le rayonnement de son corps. Mais ce n'est plus du désir que j'éprouve pour elle. Une nostalgie mêlée de rancune. Comme elle accepte facilement ! J'attendais une protestation furieuse, un combat sensuel entre deux amants déchirés, et je me trouve, pantelant, devant le vide. N'est-elle pas soulagée, au fond, de la rupture que je lui propose ? Je ne la punis pas, je la libère.

— Je te téléphonerai demain, dit-elle.

— C'est inutile, dis-je.

Et, en même temps, je souhaite qu'elle le fasse. Peut-être pour me donner, une fois de plus, l'occasion d'être dur avec elle. J'ai besoin de me venger. De quoi ? D'être ce que je suis. Ma tête éclate. Je la raccompagne jusqu'à la porte. Sur le seuil, elle ne sait si elle doit m'embrasser. Elle s'appuie contre moi. Je ne puis résister. Je la garde un instant prisonnière dans mes bras, sans prononcer un mot. Le tendre volume de ses seins pèse sur ma poitrine. Mon désarroi augmente. Je répète :

— Va-t'en, Dido !

Après son départ, je me laisse choir de tout mon poids sur le divan et ferme les yeux. Je voudrais pleurer. Mon cœur se contracte, une sorte d'ondulation parcourt ma poitrine, mais les larmes ne viennent pas. Alors quoi ? Dormir, oublier. Un léger bruit attire mon attention. Roméo s'est emparé d'une gomme sur ma table. Il la fait tomber à terre, la pousse lestement avec sa patte recourbée, la lance en l'air, la rattrape, se rue dessus avec férocité et, soudain, se désintéressant de cette fausse souris, va se coucher au pied de l'escalier, le ventre offert, dans une attitude de dédain languissant. Je le regarde avec émerveillement comme naguère je regardais Dido. Tous deux sont des objets de beauté pure. Mais sa beauté à lui ne m'humilie pas. Je puis l'admirer sans me dire, par contrecoup, que je ne suis plus un homme.

XI

Le silence. L'absence. Dido s'est emmurée. Victime de ma propre intransigeance, je lui reproche, une fois de plus, de si bien m'obéir. Trois jours déjà que j'attends son coup de téléphone. Je passe des heures à regarder le récepteur muet sur son support. Impossible d'écrire. J'ai abandonné mon essai. Et aussi la correction du manuscrit de l'alpiniste. Quant à mon roman, je n'espère plus recevoir une réponse favorable des éditions Leopardi. L'idée de les relancer ne m'effleure même pas. Je dors tard le matin. Et souvent je me recouche dans la journée. Mais parfois le sommeil refuse de me recouvrir de sa vague. Alors, je reste étendu, les yeux au plafond, le cerveau vide. La lumière et la nuit se confondent. J'ai perdu la notion du temps. Pas question de sortir. C'est Roméo qui, de loin en loin, par ses miaulements, me rappelle l'heure. Lorsque ses cris se font par trop plaintifs, je me lève et je vais le nourrir. Il dévore, accroupi devant son assiette. Cela me donne faim. Il n'y a plus que des restes dans le réfrigérateur. Hier, j'ai goûté le pâté en boîte de Roméo. Pas mauvais. Nous avons mangé ce hachis rosâtre avec un égal appétit.

Mme Toupin est venue faire le ménage. Je la considère avec stupéfaction comme la survivante d'un monde englouti. Sans lui laisser le temps d'empoigner torchon et aspirateur, je la renvoie :

— Un autre jour, madame Toupin... Je vous dirai quand...

— Vous n'êtes pas encore malade au moins, monsieur Levrault ?

— Non, non... Tout va bien... Laissez-moi...

Elle bat en retraite, avec, j'en suis sûr, l'impression inquiète que je ne tourne pas rond. Je ne me rase plus. La conscience de mon abaissement me réjouit comme une perfection artistique. Je pense beaucoup à mon enfance. Un souvenir me hante. J'ai sept ans. Je déjeune à la maison avec ma mère et un de mes oncles. Cet oncle, stupide et glorieux comme un paon, je le déteste. Il m'interroge sur mes études : « Toujours à la traîne en arithmétique ? » dit-il. Ma mère intervient : « Non, non, de ce côté-là, Germain, cela irait plutôt mieux ! » Alors, sournoisement, l'oncle Germain demande : « Huit fois neuf ? » Je connais la réponse par cœur, et, bien que je devine ma mère suspendue à mes lèvres, j'annonce avec une joie mauvaise : « Cinquante-six. » Mon examinateur triomphe. Ma mère a pour moi un regard d'une tristesse infinie. Le même regard que Dido, la dernière fois que je l'ai vue. A soixante ans de distance, je retrouve en moi l'âcre plaisir de décevoir un être aimé.

Je me lève, je vais à la fenêtre, je contemple les croisées de notre appartement d'autrefois. Entre l'enfant que j'étais et l'homme que je suis devenu, il n'y a qu'une cour à traverser. Une auto démarre, en contrebas, et s'engage sous le porche. C'est celle de Mme Villemomble, la co-propriétaire du rez-de-chaussée gauche. Je serai toujours reconnaissant à cette femme du cadeau qu'elle m'a fait, sans le savoir, en me laissant prendre Roméo dans son jardin. Il s'est perché sur la banquette Louis XVI placée dans l'embrasure de la fenêtre. C'est son poste d'observation. De là, il guette le pigeon solitaire qui se promène dans la cour, entre les voitures à l'arrêt. Quand le pigeon s'envole dans un lourd battement d'ailes, il fronce le nez, vibre de la moustache, ouvre à demi sa gueule de corail et pousse un feulement de colère et de convoitise. Je le prends dans mes bras et le serre contre ma poitrine. Il est si lourd que j'ai du mal à le tenir en suspens. Ses deux grosses pattes m'enserrent le cou, griffes rentrées. Puis il allonge la tête vers mon visage. Son gosier émet un ronronnement caverneux. Sa moustache me chatouille l'oreille. Il me lèche la joue à petits coups d'une langue râpeuse. Malgré ce contact désagréable, je n'ai garde de bouger. Ce sont des instants de passion intense. Et, subitement, aux câlineries succède une indifférence totale. Roméo me quitte d'une souple détente et retourne à la fenêtre pour surveiller le pigeon. Je n'existe plus pour lui. Du moins en apparence. Mais nous savons bien, l'un et l'autre, que nous sommes liés par une sujétion qui dépasse les signes.

J'allume une cigarette. C'est la dernière du paquet. Que je le veuille ou non, il faut que je sorte pour en acheter d'autres. Et si Dido téléphonait pendant mon absence ? Tant pis. Je ne peux pas vivre plus de dix minutes sans fumer. Je passe la porte en trombe, dévale l'escalier sur mes jambes qui flageolent et vais jusqu'au café-tabac du coin. La patronne me connaît et me tend, d'autorité, deux cartouches de gauloises. Je reviens sur mes pas sans ralentir mon allure. Les étages sont durs à gravir. En atteignant le palier du troisième, je découvre, avec stupéfaction, Caroline assise sur une marche. Elle a dû arriver juste après mon départ et elle m'attend, accroupie, souriante, son casque de motard à la main. Agacé, je grogne :

— Qu'est-ce que tu fous là ?

Elle me saute au cou :

— J'ai une grande nouvelle à t'apprendre !

Et elle entre derrière moi dans l'appartement. Sans que je lui propose de s'asseoir, elle se laisse tomber sur une chaise.

— Ça y est ! s'écrie-t-elle. Je l'ai, mon studio ! Rue Scheffer. Au rez-de-chaussée. Vingt-sept mètres carrés. Toutes les peintures sont faites. La moquette est comme neuve. Il n'y a plus qu'à emménager. Je prendrai les meubles de ma chambre. Ce sera super !

Son enthousiasme de petite ménagère me déçoit. Cette passion des femmes pour la construction et le réchauffement du nid. Je l'aurais voulue au-dessus de la loi commune. Ou du moins à côté. Elle jubile, les prunelles brillantes, et cherche à m'entraîner dans son sillage :

— Il faut absolument que tu voies ça, Jacques ! Tu es libre tout de suite ?

— Non, dis-je avec dureté.

— Nous n'en aurions pas pour longtemps. Je veux que tu sois le premier à « visiter les lieux », comme dit l'agent immobilier.

— Pourquoi ?

Elle me lance un regard enflammé de tendresse. Curieusement, je sens éclater en moi sa réponse. Elle se domine et murmure :

— Parce que tu es mon meilleur ami.

— Et Didier ?

— C'est autre chose.

Qui sait si, un jour, elle n'épousera pas ce petit con ? Lui ou un autre, d'ailleurs, peu importe ! Plus j'observe Caroline, plus je me détache d'elle. La banalité de son scénario me consterne. Le studio et, après ça, le mariage, les enfants. Je ne lui donne pas un an avant d'être engrossée. Elle finira dans la peau d'une petite bourgeoise. Comme sa mère. Encore heureux si elle trompe son mari, de temps en temps, pour s'aérer. Et j'ai pu m'intéresser à ce destin conventionnel de poule pondeuse ! Mon visage doit porter la marque de mon dépit, car, depuis un instant, Caroline m'observe avec inquiétude.

— Viens, dit-elle encore sans conviction. On prend un taxi tous les deux, aller et retour. Je suis en fonds !

Je secoue la tête négativement. Quelque chose en moi se bloque. Pour rien au monde je n'irai voir ce studio, symbole de la médiocrité où Caroline est tombée. Cependant, c'est moi qui ai préconisé cette solution. Elle a eu le tort de l'accepter. Je la perds dans la mesure où je la rends heureuse. Ma place est ici, dans cette turne, devant ce téléphone mort.

— N'insiste pas, dis-je. Je suis en plein boulot. Tu me déranges...

— Un autre jour, alors ?...

— Oui, oui... Maintenant, file...

Je la bouscule en direction de la porte, par les épaules. Elle ne comprend pas, ahurie, endolorie, et, sur le seuil, se retourne encore :

— Tu te laisses pousser la barbe ?

— Non.

— Qu'as-tu, Jacques ? Tu es bizarre...

— Je l'ai toujours été !

La conscience de ma cruauté envers elle m'encourage. Peut-être est-ce le seul plaisir qui me reste dans mon dénuement ? L'avantage pris sur autrui dans la méchanceté est une volupté à laquelle je ne renoncerai qu'avec la mort. Un baiser sur la joue de Caroline, et je referme la porte dans un sentiment de délivrance. Par la fenêtre, je la vois enfourcher sa moto. Mais elle ne démarre pas et reste là, tête basse. Que se passe-t-il ? La machine est-elle en panne ? Non, Caroline réfléchit. Elle lève les yeux vers ma fenêtre. Je me recule. J'espère qu'elle ne m'a pas vu. Enfin la pétarade du moteur. Envolée ! Ce n'est pas trop tôt !

Après son départ, je m'allonge sur le divan et je fume. Les minutes qui passent ont un goût amer. Une heure plus tard, le téléphone sonne. Ce tintement dans l'énorme silence de la pièce m'ébranle jusqu'aux os. Je me précipite comme un fou, renverse une chaise au passage et décroche. La voix de Dido :

— Je n'en peux plus, Jacques ! Il faut que je te voie ! J'arrive tout de suite !

Je crie :

— Non, Dido ! Je t'ai dit non !

Mais, déjà, elle a coupé la communication. Après la fille, la mère. Peut-être se sont-elles concertées entre-temps ? Oui, oui, Caroline a dû rendre compte à Dido de sa visite. Elles ont tenu illico un conseil de guerre. Et c'est à Dido maintenant de m'assiéger. J'en conçois d'abord un bonheur étrange. Comme si cette promesse d'entrevue exauçait mon vœu le plus cher et le plus secret. Puis, soudain, la panique me prend à l'idée de me retrouver face à face avec elle. J'imagine une conversation roulant avec légèreté sur les riens de la vie : le studio de Caroline, les notes scolaires de Patrick, la galerie de tableaux, mon roman en rade chez l'éditeur. Ce couple faux qui bavarde à distance, c'est nous et ce n'est pas nous. On nous a retiré nos entrailles. On ne nous a laissé que l'enveloppe et la voix. Et elle voudrait que je me contente de cette parodie ? Au degré de délabrement où je suis parvenu, il n'y a de dignité que dans la solitude. Place nette. J'empoche deux paquets de cigarettes pour ne pas me retrouver sur le trottoir sans munitions et je me précipite dehors. Je vais errer ainsi jusqu'au soir.

Je longe la rue Bonaparte vers la Seine. Sur la rive opposée, un crépuscule brumeux enveloppe l'alignement royal des toits du Louvre. En contrebas, les arbres sont déjà en feuilles. Un bateau-mouche, bourré de touristes, remonte le courant. Je descends sur la berge et marche au bord du fleuve. Son odeur de vase m'emplit la tête. Deux barbus en survêtement trottent coude à coude. Une vieille femme promène son vieux chien. Aussi tordus et ankylosés l'un que l'autre. Sur les murs, des inscriptions gravées au canif. Toute l'imbécillité du monde s'épanouit dans ces graffiti obscènes ou niais. Je voudrais être seul dans cette ville admirable que ses habitants déshonorent. Que fait Dido ? Est-elle déjà sur place ? Sans doute tourne-t-elle en rond dans mon appartement. Elle finira bien par repasser la porte.

Suivant toujours la berge, je m'engage sous l'arche du pont du Carrousel. Dans la pénombre de la voûte, un relent d'urine me prend à la gorge. Les clochards ont élu cet endroit pour y soulager leur vessie. Je sors de cette pissotière à l'architecture noble et découvre, deux pas plus loin, un étrange personnage, affalé sur un tas de chiffons, au milieu d'une bande d'herbe pelée. Vêtu d'un short crasseux et d'une chemise en lambeaux, le visage maigre et velu, la joue creuse, l'œil fiévreux, il regarde droit devant lui sans rien voir. A ses côtés, un petit chariot métallique, volé probablement dans un super-marché. Autour, des boîtes de conserve vides, des croûtons de pain, des torchons souillés, tout un désordre de campement bohémien. Je m'arrête devant le clochard et l'examine à loisir. Il tète le goulot d'une bouteille. Tout à coup, ce déchet humain me paraît tragiquement fraternel. C'est moi-même que je contemple. Immobile, je ne puis m'arracher à cette confrontation silencieuse. Ayant fini de boire, l'homme subitement s'avise de ma présence. Un éclair de fureur passe dans ses prunelles. Sa bouche se tord, baveuse, dans sa barbe. Il se dresse sur ses jambes, brandit sa bouteille et me menace. Il va me frapper. Je le souhaite. Un choc. La nuit. Mourir sur place. Mais déjà il range sa bouteille dans une musette, se recouche, les mains sous la nuque, et, de nouveau, son regard se perd dans le vide. L'instant d'après, il dort. J'aimerais en faire autant à ses côtés. Je continue ma promenade, sans me presser. Il faut laisser le temps à Dido d'arriver et de repartir. Revenant sur mes pas, je me dirige vers le quai de

Montebello. Il est huit heures du soir lorsque je remonte la rue Bonaparte. En passant le porche de l'immeuble, j'inspecte la cour : la voiture de Dido n'est pas là. La voie est libre.

La première chose que je découvre en pénétrant dans mon appartement, c'est une lettre posée en évidence sur mon bureau : « Ainsi, tu refuses de me voir. C'est méchant. Je ne veux plus forcer ta porte. Moi, je n'ai rien oublié. Dido. »

Exactement ce que je désirais. Et cependant je me sens injustement congédié : cette lettre est d'une froideur de ton insupportable. Je la relis pour m'en convaincre. Chaque mot me blesse. Je fourre le papier plié dans ma poche. Demain, je n'y penserai plus. De nouveau, le divan m'attire. Je m'allonge dessus, cale ma nuque avec un coussin et laisse mes idées flotter au vent. Cette conversation intérieure me dispense de toute autre fréquentation. Je ne me lasse pas de m'interroger sur moi-même. Comment peut-on à la fois se détester autant et tenir si fortement à la vie ? Il n'y a pas un pouce de mon visage, de mon corps, pas une nuance de mon âme qui trouve grâce à mes yeux. Cependant, pour rien au monde je ne changerais de peau. J'envie les autres et je refuse d'être les autres. Je me juge supérieur à eux malgré ma déchéance. Ou à cause de ma déchéance. Si j'étais croyant, j'attribuerais cette attitude à la tendresse bien connue du Christ pour les ratés. Je me sentirais choisi par lui dans la mesure où je suis rejeté par les hommes. Mais je n'ai aucune religion. J'estime que, si Dieu existe, sa nature exceptionnelle nous interdit les spéculations sur l'au-delà. Ou bien il est incommensurable, inconnaissable et toute tentative d'approche de notre part est absurde, ou bien il se laisse deviner et, alors, il n'est pas le Tout-Puissant dont on nous rebat les oreilles. Les églises sont peut-être des lieux de repos pour les esprits tourmentés mais sûrement pas les guichets du Ciel. Mon drame vient de ma lucidité. Je préfère souffrir plutôt que d'être dupe. C'est avec sang-froid que j'analyse l'évolution de mes rapports avec Dido. Au début, elle a eu pour moi une attirance physique plus forte que la raison, plus forte que la prudence. Incontestablement, elle a aimé faire l'amour avec moi. Je lui ai donné un plaisir qu'elle ne connaissait pas avec Antoine. Dans mes bras, elle a découvert qu'elle avait un corps. Sa vraie vie, celle de sa chair, de ses veines, de son ventre, était ici, dans ma tanière. Elle y accourait comme une assoiffée. Et cela non seulement parce qu'elle avait besoin de mes caresses, mais parce qu'elle se sentait à l'aise, et comme enivrée par mon langage de grogne et de moquerie. Oui, mes défauts mêmes la stupéfiaient, l'amusaient. Elle me savait gré d'être insupportable. Puis l'habitude est venue. Dido s'est attachée à moi comme à un second mari. Aujourd'hui, par mon âge, par ma déficience, même ce rôle médiocre m'est refusé. Les années ont fait de moi un vieillard débile et radoteur. Dido veille, émue, charitable et fidèle, sur mon déclin. Elle se sacrifie à un souvenir. Assez! Réveillé, désabusé, je la renvoie à son petit univers de pacotille. Tout rentre dans l'ordre. Roméo pousse un miaulement impératif. Il a faim. Marchant devant moi, il me conduit, d'un pas de velours, jusqu'à la cuisine et s'assied devant le réfrigérateur. Que veut-il me dire ? J'ouvre le frigo et trouve un paquet de charcuterie : jambon, saucisson, rillettes, avec en plus du *halva*. Dido! toujours elle! Il y a aussi, dans le placard, une bouteille de whisky toute neuve. A l'avenir, il faudra que nous apprenions à nous passer de ces gâteries. Pas besoin d'assiette. Je laisse la nourriture étalée sur le papier gras. Une rude odeur de cochonnaille me monte aux narines. D'un bond, Roméo atterrit sur la table. Je traite d'égal à égal avec lui. Nous nous observons. Il allonge sa grosse patte fourrée, cueille une tranche de jambon et la porte vivement à sa gueule. Tenant sa proie entre ses dents, il aplatit les oreilles et son œil rond s'allume de sauvagerie. Nous ne sommes plus rue Bonaparte, mais dans la jungle. Roméo me défie. Suis-je devenu soudain son ennemi ? Si je voulais lui reprendre son larcin, il me grifferait. Après un dernier regard de bravade, il saute à terre pour dévorer le jambon en toute tranquillité. Puis il remonte sur la table et, de nouveau, guette mes moindres gestes. Son insolence me charme. Je le sers. Il ne songe même plus à descendre. Nez à nez, les yeux dans les yeux, nous partageons ce festin providentiel.

Après le repas, je me recouche et, presque immédiatement, je sombre dans le sommeil. Un rêve me visite. Je revois le clochard de la berge. Mais il ne me menace plus. Il m'embrasse. Je respire son odeur de vermine. Tous les deux, nous nous approchons du bord. Un rat crevé flotte, le ventre en l'air, dans le courant. Le clochard me prend par la main, et, côte à côte, nous plongeons dans le fleuve. Pourtant, ce n'est pas l'eau glauque de la Seine qui nous reçoit. Autour de nous, s'étale une mer radieuse. Nous nageons dans l'azur et le soleil. Je suis souple, léger, heureux et si jeune ! A quelques brasses de moi, s'étire une plage de sable fin. Et, sous un parasol, veillent Dido et Caroline. Quand je rouvre les paupières, ma déception est si forte que je dois refouler mes larmes. J'ai soixante-sept ans. Dido et Caroline sont loin. Je n'intéresse personne. Un pavé m'écrase la poitrine.

XII

Nous y voilà : Caroline va épouser ce benêt de Didier! Il paraît que l'affaire ne souffre aucun retard. Comme je l'ai appris par elle-même, elle est enceinte de deux mois et veut garder son enfant. Mais elle continuera ses études. Lui aussi. Ils pouponneront entre deux cours de droit civil. Tout cela est d'une imbécillité qui donne le frisson. Pour moi, on ne peut à la fois désirer une femme et souhaiter qu'elle soit déformée par la grossesse, qu'elle mette bas dans la douleur, le sang et l'ordure, et qu'elle se pâme ensuite, pendant des années, devant le produit de son ventre. Les enfants sont les bavures de l'amour. Il faut choisir : ou être une mère ou être une amoureuse. Caroline suivra donc le chemin de Dido. Dans la respectabilité et la convention. Sept mois de patience, et elle accouchera, dans une clinique, entre les mains d'un professeur mondain, recevra des montagnes de fleurs, exhibera son nouveau-né aux regards extasiés de la parentaille et se prendra pour une héroïne moderne. Peut-être même nourrira-t-elle son rejeton au sein ? Ce délicat objet de caresses devenu une outre de lait. La femme-plaisir transformée en femme-aliment. Quelle horreur !

Quand elle m'a appris son prochain mariage, j'ai eu la force de la féliciter. Mais, dans mon cœur, s'opérait un silencieux écroulement. J'avais envie de la gifler et je lui souriais, je lui parlais avec une tendresse vénéneuse. Elle était venue chez moi avec Didier, à l'improviste, pour m'annoncer la grande nouvelle. Ils formaient, devant moi, un couple puéril, respirant l'inconscience et la sotte fierté. Un couple de jobards, éblouis par la plus commune des aventures. J'avais hâte de les voir déguerpir. Puis, je m'avisai que, selon l'usage, je devais me fendre d'un cadeau de noces. Je regardai autour de moi. Avec une ironie douloureuse, je cherchai des yeux l'objet dont la disparition m'affecterait le plus. Après une seconde d'hésitation, je me décidai pour ce lavis de Chagall qui me vient de ma mère. Il représente la lévitation mystique de deux fiancés au-dessus des toits d'un village russe. Je décrochai ce tableau avec le sentiment de m'arracher le cœur et le tendis, sans un mot, à Caroline. Elle s'enflamma de gratitude. Tandis que tous deux m'assourdissaient de leurs remerciements, je mesurais avec amertume l'absurdité de mon geste. Des perles aux pourceaux. Mais il y a une certaine ivresse dans le sacrifice inutile.

Ils partirent avec mon Chagall sous le bras, après m'avoir fait promettre d'être le témoin de Caroline au mariage. Comment refuser ?

Dans la soirée, j'ai reçu un coup de téléphone de Dido. Elle m'a grondé pour avoir « trop gâté les enfants ». « C'est de la folie, Jacques ! » Et elle a ajouté, plus bas : « Je voudrais passer te voir pour parler calmement de tout cela avec toi. » Une fois de plus, j'ai dit non. Aucune supplication ne fera sauter ce verrou. Je me cramponne à mon malheur comme d'autres à leur chance. Quand elle a eu raccroché, je me suis retrouvé tout étourdi : un coup de matraque sur la nuque. Incapable de lire, d'écrire, de penser. Affalé sur mon divan, j'ai dormi jusqu'à en avoir, au réveil, la nausée.

*
**

Des semaines ont passé. Je suis piégé en douceur. Hier, j'ai assisté au mariage : mairie, église, lunch, j'ai tout avalé sans sourciller.

Dido a eu le bon goût de ne pas convier trop de monde avenue Georges-Mandel. Je n'en ai pas moins été suffoqué par ce salmigondis de visages aimables. Il y a longtemps que j'ai perdu l'habitude des foules. Ce coudoiement, ce dandinement, ce vain bavardage, le verre à la main... Pas un sourire qui ne cache un mensonge. On m'a présenté à des gens dont je n'ai que faire. Dido évoluait entre les groupes, superbe d'aisance, dans un tailleur en shantung gris tourterelle que je ne lui connaissais pas. Elle rayonnait d'un bonheur de commande. J'étais un invité parmi les autres. A mes yeux, elle n'était plus Dido, mais Mme Antoine Derey. Elle a voulu me prendre à part pour échanger quelques mots. J'ai coupé court. C'est avec soulagement que je l'ai vue retourner à son savant manège de maîtresse de maison. Antoine aussi était à son affaire. Emu et digne, comme il sied à un père qui vient de caser sa fille. Patrick, rivé au buffet, s'empiffrait méthodiquement à côté d'une pucelle délurée qui est, je crois, la sœur cadette de Didier. Angèle, triomphante et l'œil humide, passait des plateaux de petits fours à des gens qui piquaient dedans sans lui accorder un regard. Le salon, envahi, était méconnaissable. On avait repoussé les sièges contre les murs. Au milieu du tohu-bohu, les parents de Didier, disproportionnés par la stature, lui très grand, très maigre, elle petite, frisottée, pavoisée de rubans et de bijoux, considéraient d'un œil énamouré leur fils et leur belle-fille, unis par l'action conjuguée du notaire, du maire et du curé. Caroline était en blanc, jeunesse oblige, la taille comprimée, avec son fœtus à l'intérieur du ventre. Svelte, radieuse, le rose aux joues, elle me paraissait jolie à en crier de révolte. A côté d'elle, Didier souriait dans le vide et lampait, de temps à autre, une gorgée de champagne. Dans le bourdonnement des voix confondues, ils m'ont encore remercié pour le Chagall. Leur voyage de noces les conduira à Madère. « Tu connais ? » m'a-t-elle demandé. « Non. » Elle a pris le bras de Didier et s'est appuyée tendrement contre lui. Une attitude de sa mère. Puis elle m'a assuré que Didier et elle m'étaient très reconnaissants « pour tout », qu'ils me devaient leur bonheur, qu'ils ne l'oublieraient jamais. J'ai protesté. Elle s'est écriée : « Si, si ! C'est grâce à toi, tout ça, Jacques ! » Je n'ai pu supporter cette gratitude qui me clouait vivant. J'ai quitté la réunion sans avertir personne.

Une marche accélérée jusqu'à la librairie de Fougerousse. Par bonheur, il n'avait pas encore fermé boutique. Je me suis assis au milieu des bouquins. De quoi parler entre nous, sinon de littérature ? Nous nous sommes jeté à la tête quelques noms glorieux d'avant-guerre. « Tout de même, *La Folle de Chaillot*, ce n'était pas si mal ! » « Tu as relu la pièce dernièrement ? » J'ai tenté de me persuader que la survie ou le naufrage de l'œuvre de Giraudoux étaient plus importants pour moi que le mariage de Caroline. Mais le moulin des langues tournait à vide. Je ne discutais plus pour convaincre mais pour oublier. Caroline, Dido, toutes deux me trahissent. Je suis seul comme je ne l'ai jamais été.

XIII

Il y a huit jours à peine, j'assistais au mariage de Caroline. Après cette incursion dans le monde, j'ai réintégré ma coquille. Plus résolu que jamais à n'en pas sortir. Depuis, je n'ai donné aucun signe de vie à Dido. Elle non plus ne m'a pas téléphoné. Tous les liens entre nous semblent coupés. Nous nous passons très bien l'un de l'autre. Ce matin, au courrier, une lettre qui me laisse d'abord incrédule, le papier à la main, le regard flottant. Elle émane de M. Méridien, directeur littéraire des éditions Leopardi. Trois lignes de compliments, un couplet sur les difficultés de l'heure et l'invitation à passer d'urgence aux bureaux de la rue Mazarine pour signer le contrat. Ainsi, *Le Mascaret* est accepté. Et même couvert de louanges. Cependant, je ne suis pas satisfait. Attendais-je autre chose sans le savoir? Non, mais un bonheur n'a de signification que s'il est partagé. La vraie joie, c'est la joie de l'autre devant notre joie. Seul avec mon gâteau d'anniversaire, je m'ennuie. A qui en parler ? Tout est vain. Jamais l'absence de Dido ne m'a paru plus cruelle. Quel événement pourrait encore me réjouir dans ce vide qu'elle a laissé derrière elle en se retirant sur la pointe des pieds ? J'ai besoin d'un écho, d'un miroir pour me convaincre de mon existence. Elle était tout cela. Et plus encore. Lui téléphoner, la gueule enfarinée, pour lui annoncer la grande nouvelle : « Tu sais, ils ont pris mon roman ! » Et, pendu au bout du fil, attendre ses compliments d'une aimable banalité : « Quelle chance ! Tu vois, Jacques, je te l'avais bien dit ! » Grotesque. Le seul fait d'imaginer ce dialogue me crispe les nerfs. La plus élémentaire dignité exige que je me taise. Quand le livre paraîtra, en automne, Dido n'en sera que plus étonnée. Ce sera ma revanche. Perdant sur un tableau, je gagnerai sur l'autre. Je voudrais me persuader qu'il est plus important d'être publié que d'être aimé. Evidemment, cela ne prend pas. J'ai l'impression qu'on essaie de me consoler d'un deuil avec un hochet. Depuis que Dido est partie, tout est sans couleur dans le monde. Néanmoins, la pente de la vie m'entraîne. Je décroche le téléphone et appelle M. Méridien. Une voix joviale me fixe rendez-vous pour le lendemain, à quatre heures. J'y serai. Je me représente ce qu'aurait été cette minute triomphale si je l'avais vécue avec Dido. Non point la Dido d'hier, compatissante et froide, détachée et serviable, mais la Dido d'autrefois, celle de nos ardeurs. Assis sur la table, à côté du téléphone, Roméo me regarde. Tout à coup, je lui parle comme s'il était Dido. Il couche les oreilles, les redresse et pousse un bref miaulement en réponse à mon discours. Dois-je désormais me contenter de cet interlocuteur qui, même proche de moi, me tient à distance ?

Le lendemain, bien rasé, je suis, à l'heure dite, dans le bureau de M. Méridien, qui est un petit homme sec, gris et précis. Sur sa table, mon manuscrit, qu'il a lu personnellement, dit-il, avec le plus vif intérêt. Il se propose de publier *Le Mascaret* à la rentrée d'octobre. Dans son idée, mon roman a quelques chances pour les prix de fin d'année. Le fait que je n'aie rien sorti en librairie depuis huit ans lui semble même de nature à influer favorablement sur l'esprit des jurys, toujours hostiles à une production abondante.

Je devrais être ravi à la perspective de ce succès, dont les gobeurs se pourlèchent. Et je suis glacé d'indifférence. La cigarette aux lèvres, je réponds modérément aux paroles aimables de M. Méridien. Il m'observe avec inquiétude. C'est donc qu'il tient à moi. Il sonne. Une secrétaire apporte le projet de contrat. Je le lis distraitement. Par surcroît de précaution, je devrais le montrer à Antoine. Je sais déjà qu'il me conseillerait d'être plus exigeant. Mais je ne veux pas le déranger. Plus maintenant. Antoine, comme Dido, comme Caroline, c'est ma vie d'hier. Il faut que j'apprenne à me passer d'eux. A quoi bon discuter ? J'accepte tout. Je signe. M. Méridien est enchanté. Il me remet un chèque représentant le montant du premier à-valoir. Me voici renfloué.

En sortant du bureau, il me semble que quelqu'un rit dans mon dos de ma mésaventure. Un bonheur survenu à contretemps, quand on ne peut plus en jouir, est pire que l'absence de bonheur. J'ai au cœur un besoin de communication, de communion qui m'altère. Je meurs de ne pouvoir boire à la source des autres. De quelque côté que je me tourne, je me sens en état de manque.

Après avoir erré dans le quartier, j'échoue au café où, comme d'habitude, siègent Fougerousse et Bricoud. Ce sont eux les vrais deux magots de l'enseigne. Misérables remplaçants. Pis-aller dérisoires. Attablé devant un demi, je leur raconte ma conversation avec M. Méridien. Ils me congratulent. Un ami vient se joindre à eux. Un certain Duperron, traducteur besogneux. Nous sommes entre forçats intellectuels bien informés.

— Les éditions Leopardi, c'est parfait ! affirme Duperron. Le père Méridien a tous les jurys littéraires à sa botte !

— Tu as vu Mireille, leur attachée de presse ? demande Fougerousse. Si elle aime ton truc, elle se battra comme une lionne pour l'imposer !

— Quand je pense que tu ne nous as pas encore fait lire ton bouquin ! dit Bricoud. Je compte sur toi pour me le passer en épreuves. Je te torcherai quelques papiers pour la province qui vont remuer les foules. Ce qu'il faut, c'est trouver un thème d'attaque publicitaire, tu comprends ? Enfoncer le clou...

Nous voici en pleine tambouille commerciale. Mon roman est devenu une boîte de petits pois. J'entends les propos exaltés de mes compagnons comme du fond d'un épais brouillard. Ce n'est pas leur voix dont j'ai rêvé. Je sais trop que, pour eux, je ne représente qu'une relation de bistrot. Et pour Dido ? Et pour Caroline ? Elles ont leur vie, à présent. L'une avec l'inusable Antoine, l'autre avec un quelconque Didier. Elles construisent loin de moi. Je suis arrivé au bout du chemin. Quand on constate, à soixante-sept ans, après une calme réflexion, que rien d'heureux ne peut plus survenir dans votre existence, à quoi bon s'obstiner, à quoi bon lutter ? Ma récompense, ce n'est pas ce chèque que j'ai dans ma poche, c'est l'approbation, l'amour de Dido. Et il faudrait que, désormais, je travaille pour rien ? Autrement dit, pour de l'argent. Non ! Je me fous que mon roman soit publié ou non. Je me fous de mon avenir. Je me fous de tout, sauf de Dido et de Caroline. Alors quoi ? Disparaître. Mais il y a Roméo. Que deviendrait-il sans moi ? Il ne faut pas qu'il me survive. Je quitte le café en prétextant un rendez-vous urgent et rentre à la maison.

Selon son habitude, Roméo m'attend dans le vestibule, sur son guéridon. A la fois hiératique et familier, il sait déjà tout ce qui me trotte par la tête. Je regarde autour de moi ce que je vais quitter. Les murs, les tableaux, les meubles, les livres, mes papiers sur la table, rien ne me retient. Je me penche par la fenêtre, au-dessus de la cour devenue garage de voitures. Il fait déjà nuit. Les croisées de notre ancien appartement sont illuminées. Une réception peut-être. Des étrangers dans le salon de ma mère. Je suis fatigué des autres. Et encore plus de moi-même. Je prends Roméo dans mes bras. Sa chaleur élastique se communique de mes mains à mon cœur. Je plonge les doigts dans sa

174

fourrure. Je respire sa légère odeur de fauve. Je gratte son crâne, et, sous la moelleuse épaisseur du pelage, je sens la petite carapace dure et précise des os. Supprimer cette vie exige de ma part beaucoup de sang-froid. Mais il n'y a pas d'autre issue. Nous devons tous deux y passer. Lui d'abord, moi ensuite. J'ai tout ce qu'il faut ici. Un flacon de barbiturique, vieux de quelques années, dans l'armoire à pharmacie de la salle de bains. Je cueille trois comprimés, les enrobe dans une boulette de pâté pour chat et tends cette friandise à Roméo. Il avale le pâté et recrache les pastilles. Je recommence. A la quatrième fois, il se laisse prendre. Je n'ai plus qu'à attendre qu'il s'assoupisse. Il me scrute gravement, fixement. Il lit sa mort dans mes yeux, et il l'accepte. Mais le sommeil est long à venir. Au bout d'une heure enfin, ses paupières de velours se ferment. Ses babines frémissent. Sa respiration devient paisible et profonde. La bête dort. Elle est déjà de l'autre côté. Maintenant je peux agir. Je soulève Roméo, tout flasque, tout chaud, le dépose dans son panier d'osier, rabats le couvercle, glisse la tige dans les deux boucles pour assurer la fermeture et attache à l'anse la statuette en bronze du singe. Elle est très lourde. Ainsi lesté, le panier coulera à pic.

Chargé de ce double fardeau, je descends la

rue Bonaparte vers la Seine. Il est dix heures du soir. Dans la nuit épaisse, brumeuse, les lampadaires versent, de loin en loin, leur cône de lumière humide. Beaucoup d'autos, peu de piétons. Je dégringole l'escalier qui mène à la berge. A cet endroit, c'est le désert. Je cherche des yeux mon clochard de l'autre jour. Il n'est pas là. Je m'avance jusqu'au bord du fleuve. Le buste incliné, je surplombe une tranchée de ténèbres où luisent des reflets électriques. Un regard alentour. Personne. C'est le moment. De toutes mes forces, je projette le panier en avant. Ce geste violent m'arrache le cœur. Un gros floc dans l'eau qui court. Je me penche à nouveau. Les yeux écarquillés dans la pénombre, il me semble distinguer une tache pâle qui dérive et, peu à peu, s'enfonce dans le flot. Bientôt, elle disparaît sous l'arche du pont. Le fleuve redevient une toile cirée noire. Qu'ai-je fait ? Il avait en moi une telle confiance ! A mon tour maintenant.

Au moment de me lancer à l'eau, tout mon corps se contracte. Mes muscles refusent avec épouvante ce qu'exige ma raison. Je m'arc-boute, face au néant. Je crie non à la mort, avec un tel dégoût de moi-même que, pendant une fraction de seconde, je ne sais plus au juste où je suis, qui je suis, ni si je n'ai pas déjà quitté ce monde.

Vaincu, je rentre à la maison, les mains vides. Mes jambes fléchissent tandis que je monte l'escalier. D'une marche à l'autre, je sanglote de tristesse et de fureur impuissante. Dans l'appartement, tout me rejette. Un vent glacé me saisit les tempes. Des picotements me hérissent la peau. Mes entrailles se soulèvent. Je vais vomir. Mais le flux aigre recule. Je déglutis une salive bilieuse. Les larmes m'étouffent. Saoul de douleur, je tombe à genoux. Il est dans mon destin de détruire tout ce que j'aime. Je balbutie : « Roméo ! Roméo ! » Comme s'il pouvait répondre à mon appel. Il ne viendra plus jamais se frotter contre mes jambes, souple, énigmatique, avec sa fourrure zébrée et son œil à la pupille ovale, rétrécie dans la lumière jusqu'à n'être plus qu'un trait noir au milieu de l'iris vert-jaune. Mes lèvres bourdonnent, mes idées se brouillent. Je deviens fou de chagrin, d'horreur, de solitude. Je reprends le flacon de barbiturique. Il reste une quinzaine de comprimés. De quoi obtenir sans peine un sommeil définitif. Mon détachement est tel que je n'éprouve même pas le besoin d'écrire une lettre d'adieu. A qui l'adresserais-je ?

XIV

Dérision : j'ai rouvert les yeux dans une chambre d'hôpital. Malade à en crever. Mais sauvé du gouffre. C'est Mme Toupin qui, en venant faire le ménage, m'a découvert écroulé sur mon lit. Quelle idée aussi de lui avoir donné la clef ! Transport en ambulance. Piqûres. Lavage d'estomac. En reprenant conscience, j'ai vu les visages anxieux de Dido et de Caroline penchés au-dessus de moi. Aussitôt, j'ai pensé à Roméo que j'avais sacrifié pour rien. Moi vivant, ce geste insensé n'avait plus aucune excuse. De simple désespéré, je devenais assassin. Ma punition, c'est l'avenir qui m'attend sans lui. Toute volonté de résistance a quitté mon esprit et mon corps. Dido a décrété que je ne pouvais rentrer à la maison avant ma guérison complète et qu'il lui incombait de veiller sur moi. Elle m'a pris chez elle. On m'a logé dans l'ancienne chambre de Caroline. Un refuge pour fillette, avec des murs roses et des rideaux à volants. Au début de ma convalescence, je me disais que j'étais ici un hôte de passage. Tout me paraissait provisoire : le confort, les horaires, le mouvement des autres qui s'agitaient autour de moi. Puis, peu à peu, j'ai pris mes habitudes dans cet appartement douillet qui n'est pas le mien. Je me suis étalé, je me suis incrusté, j'ai creusé ma place dans le duvet du nid. Maintenant que je suis rétabli, je ne songe pas à partir. Et personne ne me le demande. Ma présence dans les lieux semble aussi naturelle, aussi nécessaire à Dido qu'à moi-même. En retournant rue Bonaparte, j'aurais trop peur de me retrouver seul dans ce décor où j'ai vécu avec Roméo. Il faut rendre cette justice à Dido qu'elle ne m'a posé aucune question sur la disparition de Roméo ni d'ailleurs sur les raisons de mon suicide. Tout le monde, à la maison, obéit à cette consigne de silence. Sans doute pour ne pas rouvrir en moi une plaie secrète. J'apprécie la discrétion de ces gens dont aucun ne saurait me comprendre. En vérité, chez Dido, je me sens exclu de ma propre existence, placé entre parenthèses. Elle décide de tout pour moi. J'obéis avec d'autant plus d'empressement que ses initiatives me heurtent. Nos relations sont étranges. Ai-je été un jour l'amant de cette femme qui m'entoure de soins ? Entre nous, l'habitude a pris la place du sentiment. Je ne lui fais plus l'amour, je lui tiens compagnie. Désœuvré, écœuré, je l'escorte dans ses courses en ville, je porte ses paquets, j'assiste à ses entrevues avec les marchands de tableaux. Elle a acheté un chien. Un petit teckel à poil ras, Smoky. Il me déteste. Dès que je l'approche, il grogne, les oreilles aplaties, les babines retroussées. Sent-il sur moi l'odeur du chat que j'ai tué ? C'est moi qui sors Smoky. Trois fois par jour. Je fais avec lui le tour du pâté de maisons. Dès qu'il lève la patte, je m'arrête. Cette promenade ridicule me plaît parce qu'elle m'humilie. Tout ce qui peut servir à me rabaisser satisfait mon besoin d'autodestruction. Comme si ce que je n'avais pu obtenir par le barbiturique j'allais l'obtenir par le dégoût. Quand je me retrouve à table entre Dido et Antoine, j'éprouve le sentiment d'une perfection dans le mépris de moi-même. Au cours de la conversation, elle tient la balance égale entre lui et moi. Nous avons droit, l'un et l'autre, à la même dose de charme. Parfois, elle me rabroue devant lui pour une peccadille. Ou bien elle critique ma façon de me vêtir : telle chemise ne va pas avec tel pull-over, telle cravate est scandaleusement démodée. Elle a voulu que je m'arrête de fumer. J'ai refusé. Mais j'ai réduit ma ration. Depuis, elle me chicane sur chaque cigarette. J'accepte d'être grondé. Elle ne m'héberge pas, elle m'éduque. Je remplace Patrick. Dès la fin du mois de juin, il est parti pour l'Angleterre où il passera toutes ses vacances d'été. Mais Caroline et Didier sont encore à Paris. Une fois par semaine, ils viennent dîner à la maison. Alors la situation devient, pour moi, encore plus pénible. Face à ces deux femmes qui ne me sont plus rien, je ne parviens pas à coïncider avec moi-même. Leur tendresse pour moi se double de condescendance maternelle. Pour un peu, je jurerais qu'elles sont heureuses de m'avoir, tout désossé, sous leur coupe. Malléable, disponible et peu encombrant. Un mannequin sur lequel les infirmières novices apprennent l'art du pansement. Au cours de ces dîners, c'est Didier qui tient la vedette. Caroline le couve des yeux avec un amour démesuré. Dès qu'il ouvre la bouche pour parler, elle s'illumine. Cet aveuglement m'étonne de la part d'une fille que je croyais intelligente. Je l'estime trop pour ne pas souhaiter qu'elle s'éveille au plus vite de son hypnose. Je voudrais vivre assez vieux pour la voir prendre un amant. En tout cas, sa taille n'a pas encore épaissi. Au dire de sa mère, elle supporte merveilleusement sa grossesse.

Je dors mal, la nuit. De mon lit, j'épie les bruits de l'appartement. A plusieurs reprises, j'ai entendu Antoine qui rejoignait Dido dans sa chambre. Ils font l'amour ensemble, sans se soucier de moi. Cela ne me révolte plus. J'ai perdu jusqu'au goût de la jalousie. Quand j'essaie d'imaginer Dido dans les bras de son mari, j'ai l'impression qu'il s'agit d'une inconnue. De même, j'ai de la peine à me rappeler les détails de mes propres effusions avec elle. Tout notre passé baigne dans les brumes du rêve. La femme d'aujourd'hui, équilibrée, autoritaire et allègre, refoule dans l'ombre la maîtresse passionnée et inquiète d'autrefois. Et c'est très bien ainsi. Il n'y a de paix véritable que dans l'acceptation. Je suis devenu gourmand. Angèle est fine cuisinière. Les menus variés, les repas à heures fixes, à ce régime-là il est normal que je prenne du poids. Mes pantalons me serrent à la taille. Je me compare à un gros chat castré. Roméo s'est réincarné en moi. Il ne se passe pas de jour que je ne pense à lui. Souvent, la nuit, il me semble sentir sur ma main le souffle de ses narines fraîches et humides. Je rêve aussi du dessous noir de ses grosses pattes, divisé en coussinets moelleux. Ma gorge se serre, je suffoque, j'allume ma lampe de chevet, je prends un livre. Un roman policier. Je ne veux plus lire que ça. Et Antoine en a des centaines, empilés dans un cagibi.

Les épreuves du *Mascaret* sont arrivées. Je les

corrige lentement, par devoir, sans ressentir le moindre plaisir à éplucher ma prose. En quelques semaines, ce bouquin s'est éloigné de moi. Il n'est plus ni de mon esprit ni de ma plume. Je ne suis nullement pressé de le voir paraître. Le plus tard sera le mieux. Je n'ai pas revu Fougerousse et Bricoud depuis mon suicide manqué. L'envie même de les rencontrer ne m'effleure pas. J'appartiens tout entier à Antoine et à Dido. Ils ont décidé de passer le mois d'août à Gstaad, où ils comptent quelques amis. Je ne les accompagnerai pas. D'ailleurs, ils ne m'ont pas invité. Depuis l'affaire de Saint-Tropez, j'ai l'habitude. Prenant les devants, je leur ai dit que je souhaitais rester à Paris, cet été, pour travailler. Ils ne m'ont pas demandé à quoi. Angèle, qui ne prend son congé qu'en octobre, s'occupera de moi. « Tu seras ici comme un coq en pâte ! » s'est écriée Dido, tout heureuse que je ne lui demande pas de me joindre à eux. Je ne suis pas amer. Il y a longtemps que j'ai perdu la faculté de m'offenser.

Depuis qu'ils sont partis pour la Suisse, je mène, avenue Georges-Mandel, une vie solitaire et végétative, sans sortir de l'appartement. Dehors, le soleil brille, Paris étouffe de chaleur, les feuillages sont assoiffés, les touristes se promènent, le nez en l'air. Moi, j'ai fermé à demi les volets, ouvert les fenêtres et je déambule, pieds nus, dans la pénombre. Le moindre courant d'air est une bénédiction. Trois fois par jour, je prends une douche pour me rafraîchir. Je lis, je fume, je dors beaucoup. De temps à autre, je reprends mes épreuves. L'éditeur peste pour que je les lui renvoie avec mes corrections. Je ne lui réponds pas, je fais le mort. Angèle est aux petits soins pour moi. Sa cuisine est un peu lourde, à base de crème. Elle essaie sur moi tous les plats dont Antoine, soucieux de sa ligne, ne veut pas entendre parler. C'est sa revanche. Elle exulte. Moi, je m'empiffre. Nous nous entendons très bien sans les patrons. Je reçois, chaque semaine, une carte postale de Caroline, qui passe ses vacances chez ses beaux-parents, à Saint-Jean-de-Luz, avec Didier. Quatre lignes qui, au lieu de me réjouir, me blessent par leur insignifiance. Dido, elle, me téléphone régulièrement tous les deux jours. Nous n'avons pas grand-chose à nous dire, mais nous causons, en gens civilisés, de tout et de rien pendant trois minutes. Puis je lui passe Angèle. Elle lui donne ses instructions.

Parfois, pour me divertir, je fouille dans les placards. Les robes de Dido, pendues côte à côte, me fascinent. Je les connais toutes. Chacune me rappelle un moment de notre vie commune. Je les touche, je les respire pour retrouver son parfum. Ma tête s'envole comme si j'allais m'évanouir. Vite, je referme la porte sur ce passé de chiffons. Hier, en inspectant une commode, j'ai découvert en vrac, dans un carton, les lettres que je lui écrivais voici quelques années. J'en ai parcouru quatre ou cinq. Est-ce bien moi qui alignais ces phrases folles ? Comme je l'aimais ! Et elle laisse traîner ces souvenirs dans un tiroir qui n'est même pas fermé à clef ! Antoine a peut-être lu ces pages de délire. Je m'en fous. Tout cela est dépassé, révolu, avalé. Je dois regarder ailleurs. Mais où ? Demain ne m'intéresse pas.

Ce matin, Dido m'a téléphoné pour m'annoncer son retour à la fin de la semaine. Le temps a changé. Il fait frais, il bruine.

Elle est de nouveau là, avec Antoine. Caroline et Didier sont, eux aussi, rentrés de vacances. Puis, c'est Patrick qui revient d'Angleterre. Il a encore grandi et mêle ostensiblement des mots anglais dans la conversation. Il retournera en pension dans dix jours. Un dîner rassemble la famille. Caroline a un petit ventre proéminent dont elle est fière. J'ai l'impression qu'elle se cambre pour le faire valoir. Par estime pour elle, j'évite de la regarder. Elle prévoit la naissance de son fils — car ce ne peut être qu'un fils — vers le début de janvier. La layette est déjà en place. Et le berceau. A table, elle se plaint de l'exiguïté de son studio. Avec un enfant, ils auront à peine la possibilité de se mouvoir. Sans réfléchir, je leur propose d'emménager chez moi, rue Bonaparte. Puisque je n'ai pas l'intention d'y retourner, autant qu'ils en profitent. Après un moment de stupéfaction, tout le monde se récrie sur ma générosité. C'est le coup du Chagall qui recommence. Moi, le plus démuni de tous, je puis encore combler de bienfaits une jeunesse. Mais, avant que le couple ne s'installe dans mes meubles, je tiens à me rendre sur les lieux pour emporter quelques papiers, quelques livres. Immédiatement, Dido propose de m'accompagner. Je refuse. Pour cette première visite à ma tanière après le drame, je veux être seul. J'irai demain, tout de suite après le déjeuner. J'emporterai deux valises. Cela suffira. Je demande seulement à Dido de venir me chercher en voiture vers six heures pour m'aider à trimballer mon chargement. La fin du dîner se passe dans l'allégresse. Pour le dessert, Angèle a confectionné une mousse au chocolat dont Caroline et Patrick raffolent. Depuis qu'elle est enceinte, Caroline mange deux fois plus. Comme moi. Mais je n'ai pas l'excuse de nourrir en mon sein un fœtus remuant et vorace.

*

Le porche franchi, je lève les yeux sur la façade de l'immeuble et m'étonne de ne rien ressentir. Les fenêtres de l'appartement de ma mère ne se distinguent plus des autres. L'enfant que j'ai été ne m'attend pas là-haut, le nez collé contre la vitre. Je n'ai aucun passé. Et, assurément, aucun avenir. Mme Toupin, toujours à l'affût, sort de sa loge et, ivre d'amabilité, me questionne. Suis-je tout à fait rétabli ? Quand vais-je revenir habiter la maison ? Ai-je bien reçu le courrier qu'elle m'a réexpédié ? A-t-elle eu raison de faire un peu de ménage, de loin en loin, en mon absence ? Je me dis que, grâce à elle, toute la copropriété doit être au courant de mon aventure. Mais l'opinion des voisins m'est indifférente. Après avoir répondu à l'interrogatoire de la concierge et lui avoir réglé « ses heures », je m'engage dans l'escalier. Arrivé à mon palier, je souffle. Instant fatidique. Vais-je rentrer chez moi ou m'introduire par effraction dans l'appartement d'un autre ?

La porte ouverte, mon univers me saute à la figure. Je cherche Roméo du regard. Son absence détruit tout. Ces meubles, ces tableaux, ces bibelots, ces livres appartiennent à n'importe qui. C'est sans regret que je quitterai tout cela. Peut-être, installée dans ce décor qui fut le mien, Caroline se sentira-t-elle plus proche de moi, plus tributaire de moi, comme si elle endossait mes habitudes, ma chaleur, ma vie ? Je devine que je vais avoir quelque difficulté à choisir les dossiers et les bouquins que j'emporterai. Trop paresseux pour commencer le tri, je m'assieds à ma table et j'écris ces lignes sur le carnet qui ne me quitte pas. Je ne le laisse jamais traîner, par crainte que Dido ne mette la main dessus. Depuis des semaines, mon seul travail consiste à noircir ces pages que personne ne lira. La pièce sent le renfermé. Je me lève et ouvre la fenêtre. Dans la cour, en contrebas, les voitures sont alignées comme pour une exposition de carrosseries. Entre les roues, le même pigeon se promène. Il fait gris. Une brume impalpable descend du ciel. Je me penche. Le vertige me prend au ventre. Je me rejette en arrière. Soudain j'avise, pendue à un clou, derrière la rampe de l'escalier, la bourse du pirate. Ma gorge se contracte. J'ai envie de pleurer. Tout mon passé me revient dans une bouffée joyeuse : Dido, Caroline... J'étais heureux alors. Et je ne le savais pas.

Je me rassieds. Je ne bouge plus. J'attends que les minutes passent. A six heures, Dido ouvrira la porte et je repartirai avec mes deux valises vides. Nous avons un important client d'Antoine à dîner, ce soir. Angèle m'a dit qu'elle ferait un poulet à la crème et aux morilles.

« Nous apprenons le suicide, à Paris, de Jacques Levrault, ancien rédacteur en chef de *L'Echo de la France*. Hier, il s'est jeté par la fenêtre de son appartement, rue Bonaparte. Jacques Levrault venait de signer avec les éditions Leopardi un contrat pour la publication, à la rentrée, de son dernier roman : *Le Mascaret*. Ses amis se perdent en conjectures sur les raisons de son acte. »

(Les journaux.)

Impression Brodard et Taupin
à La Flèche (Sarthe) le 31 janvier 1991
6299D-5 Dépôt légal janvier 1991
ISBN 2-277-21743-3
1er dépôt légal dans la collection : déc. 1984
Imprimé en France
Editions J'ai lu
27, rue Cassette, 75006 Paris
diffusion France et étranger : Flammarion